O GRANDE LIVRO DOS ANÕES

GIGANTE LEO

O GRANDE LIVRO DOS ANÕES

A MAIOR OBRA JÁ
FEITA SOBRE ESSE
PEQUENO ASSUNTO

MATRIX

atendimento@matrixeditora.com.br
www.matrixeditora.com.br

Capa
Tabata Resende

Diagramação
Daniela Vasques

Revisão
Alexandre de Carvalho
Maria A. Medeiros

Dados Internacionais de Catalogação na Publicação (CIP)
SINDICATO NACIONAL DOS EDITORES DE LIVROS, RJ.

Leo, Gigante
O grande livro dos anões / Gigante Leo. - São Paulo : Matrix, 2011.

ISBN 978-85-63536-60-0

1. Anões - Anedotas. 2. Humorismo brasileiro. I. Título.

11-5718. CDD: 869.97
CDU: 821.134.3(81)-7

A Deus, à minha mãe Elisabete,
à minha avó Lydia e aos meus
irmãos Tatiana, Thaylla e Ricardo,
porque sem eles nada seria possível.

AGRADECIMENTOS

Muitas pessoas estiveram envolvidas direta ou indiretamente com este livro, pois várias delas me ajudaram na caminhada de crescimento no mundo do *stand-up*, que resultou na realização deste projeto. Porém, se fosse citar todas, ficaria inviável uma sessão de agradecimentos. No entanto, não poderia deixar de agradecer a algumas que foram essenciais para este livro.

Do Risadaria, sou grato em especial aos curadores, que viabilizaram várias conquistas na minha vida, entre elas, o contato com a Matrix Editora, que resultou neste livro. Ao amigo Marcius Melhem, pela amizade, pelo carinho e pelas lindas palavras. Ao amigo e fotógrafo Alfredo, pela foto da capa. Por fim, a todos que trabalham comigo, agradeço a compreensão e a ajuda nos momentos em que tive de me ausentar para cumprir o prazo estabelecido, em especial ao Rodolfo, Triani e Sônia.

PREFÁCIO

"Todos somos iguais, apenas temos dificuldades diferentes." Essa frase do Gigante Leo já demonstra a sensibilidade e a inteligência desse cara, que conheci há pouco, mas que já me ganhou – como, aliás, acontece com quem tem a sorte de cruzar o caminho dele. Não por acaso, ele assina em seus e-mails: "Pequeno para quem vê, gigante para quem ama".

Conheci o Leo por intermédio de amigos comuns, gente fera do *stand-up*, que começou a dar espaço para ele se apresentar. Desde o início o achei um cara agradável e carinhoso. E aí fui saber mais dele. Soube das aulas de *stand-up* que fez, do talento e da dedicação para construir seu material, conhecer as pessoas, buscar seu caminho.

Leo é gente rara. O mais admirável da sua trajetória até aqui não foram só os prêmios conquistados ou a visibilidade que conseguiu. O mais legal é que isso tudo veio não por ser anão, mas por ter talento. Leo é bom. Tem ritmo, inteligência, *timing* para desenvolver uma história, usa o corpo a seu favor... Enfim: tem as armas e sabe manejá-las melhor a cada dia.

Mais que isso, fez da sua condição, do que poderia ser um problema, um trampolim de onde salta com humor todos os dias para rir e fazer rir de si mesmo. Tudo com extremo carinho. Tem amor no que esse cara faz, e é amor que ele desperta. O jeito com que fala do seu dia a dia, dos percalços da vida de anão, não desperta deboche – pelo contrário: mostra o ridículo das pessoas "normais" ao enxergar o que é diferente delas. Leo deu a volta em nós todos. Parabéns!

Mais recentemente, Leo tem me dado o prazer de sua participação frequente em *Os Caras de Pau*, programa em que atuo e escrevo. E ali tive o prazer de me aproximar dele e vê-lo brilhar no pouco espaço que tem. Mas brilhar no pouco espaço que tem é a especialidade dele, não é?

Por todas essas qualidades, ter sido chamado para escrever o prefácio do livro do Gigante Leo é uma honra muito grande. Leo agrada a quem o assiste no teatro, na TV, e com certeza vai fazer rir quem comprar este livro.

Aqui, nestas páginas, há mais um pouco do extremo talento, da inteligência e do trabalho sério desse cara admirável. Aproveite o livro, e palmas para ele!

Marcius Melhem

INTRODUÇÃO

Cansado da escravidão e do trabalho pesado da Fantástica Fábrica de Chocolates, imposto pelo mercenário Willy Wonka, resolvi dar um novo rumo a minha vida. Fugi na calada da noite para ganhar o mundo e encontrar a felicidade.

Quem primeiro me recebeu de braços abertos foi um grupo de sete amigos, que vivia numa cabana muito humilde no meio da floresta. Apesar da ótima acolhida, a nossa convivência nunca foi tranquila. Achava-os muito bagunceiros, desorganizados e comodistas. Não eram capazes de sonhar alto, de melhorar de vida, de ir além daquela vidinha simples demais da floresta.

Tentava mostrar que eles eram capazes de ter outra profissão e que não precisavam passar a vida toda trabalhando naquela mina. Podíamos construir uma fábrica, virar empresários, ganhar muito dinheiro e viajar pelo mundo inteiro. Mas eles eram muito teimosos e tinham pensamentos pequenos demais para a vida que eu sonhava ter.

Apesar da amizade que construímos nesse curto período em que estive com eles, tive que deixá-los para ir atrás da vida que desejava ter. Mais tarde, soube que uma tal de Branca de Neve, que era uma linda princesa, também morou por um tempo com eles, mas também não aguentou viver naquela confusão toda e fugiu com um tal de príncipe encantado.

Foi quando encontrei uma aldeia de pessoas muito legais e divertidas. Eram pessoas que viviam de forma muito mais organizada, tinham objetivos de vida melhores e diversas mulheres também faziam parte daquela comunidade. Tirando o detalhe de que eles eram azuis, parecia que tinha encontrado o lugar perfeito para viver e construir a vida que sonhava.

Porém, um velho muito louco chamado Gargamel resolveu, junto com seu gato, atormentar muito a vida dos moradores daquela aldeia, transformando aquele lugar calmo, tranquilo e alegre num verdadeiro inferno. Fiz de tudo para ajudar esses meus amigos a se livrarem dele, mas não consegui. Com medo de ser capturado e torturado por Gargamel, abandonei aquela comunidade em busca de um novo lugar.

Foi quando fui acolhido no circo por uma grande família. Lá aprendi uma nova profissão: palhaço. Era uma vida muito boa e feliz, e eu realizava meu sonho de ser artista nas apresentações sempre lotadas. Aprendi várias coisas durante esse período, não só técnicas de palhaço, como também lições para a vida. Até que a concorrência de anões no circo aumentou tanto que o meu cachê ficou cada vez mais desvalorizado e...

Vamos parar por aqui, porque essa história, além de estar parecida com a história de Joseph Climber da Cia. de Comédia Os Melhores do Mundo versão só para baixinhos, está repleta de clichês e piadinhas óbvias quando falamos de anões.

O intuito deste livro é mostrar que existem outras possibilidades de fazer humor sobre anões que não necessariamente precise passar por esses chavões preestabelecidos. É possível ser baixinho e fazer humor sem ter que ser comédia pastelão. Assim como tenho feito nas apresentações de *stand-up comedy*.

Então, por que não trazer esse vasto universo dos anões, visto sob um novo olhar, para as páginas de um livro? E assim surgiu a ideia dessa aventura literária.

Para minha grata surpresa, percebi que no mundo das letras existem mais variedades de fazer humor com o universo dos anões, que é extremamente rico e vasto. Quem nunca teve curiosidade sobre como eles fazem sexo? Como eles trabalham? Histórias, crendices e superstições populares. Enfim, tentei pôr no livro todas essas questões com um olhar bem-humorado.

Foram horas muito divertidas e engraçadas que vivi escrevendo este livro. Assim, também espero que você possa se distrair e dar boas risadas nessa viagem ao mundo dos eternos baixinhos, sem precisar se ajoelhar nem ficar de quatro. Até porque ficar de quatro e distraído com a leitura pode ser algo bem perigoso.

ANÃO E SEXO

JÁ PENSOU NISSO?

Alguma vez na vida você já parou para pensar como deve ser fazer sexo com um anão ou uma anã? Não? Tem certeza? Pois devia pensar. Somos uma "espécie" em extinção e precisamos procriar. Tudo bem, eu entendo. Você não tem vocação para Branca de Neve. Mas provavelmente agora já devem estar passando pela sua mente vários questionamentos, dúvidas e curiosidades de como seria essa cena.

Tudo que envolve o universo dos anões sempre desperta muita curiosidade. No caso do sexo, que por si só já possui uma atmosfera de certa forma misteriosa e atraente, quando transferimos esse assunto para o mundo dos baixinhos o mistério e a curiosidade se potencializam. Resolvemos então dedicar um capítulo inteiro deste livro para tentar sanar algumas das dúvidas que intrigam a humanidade quando se trata de anão e sexo.

Mas, antes, voltemos ao assunto do início deste capítulo. Já pensou em fazer sexo com anão? Não?! Você não sabe o que está perdendo. No sexo o anão tem várias vantagens:

- Não ocupa muito espaço na cama. Na hora de dormir você terá mais espaço e conforto.

- Por ser compacto e mais leve, dá para fazer várias posições e brincadeiras que, com pessoas altas, não é possível.

- Sexo oral, o anão faz em pé.

- Dá para fazer pirocóptero de forma singular, quase perfeita.

AS VIRGENS PREFEREM OS ANÕES

Continuando o relato das vantagens de ser baixinho, esta provavelmente é uma das que mais devem causar inveja aos grandalhões. Quem é que nunca gastou muita saliva para convencer uma virgem a abrir a porta da esperança para ele? Argumentamos e prometemos várias coisas. Apelamos para a confiança dela, tentamos passar credibilidade de que somos pessoas sérias, chegando até quase a prometer casamento.

Todas essas historinhas já estão mais que manjadas e não funcionam bem, pois, assim como você, as mulheres, por mais inocentes que sejam, também as conhecem. É nesse momento que você percebe que seus argumentos chegaram ao fim, e que não tem mais nada a fazer, que seu caminho chegou ao fim. É quando você percebe que só lhe restam duas opções: esperar pelo momento enigmático em que ela acha que está pronta para se entregar, ou chegar à conclusão de que a espera não vale a pena e partir para outra.

Mas nós, baixinhos, ainda temos uma grande carta na mão, que, diga-se de passagem, costuma ser infalível. Suponhamos que a menina esteja empatando, com medo, fugindo. Aí você começa dizendo para ela:

– Você não pretende ser freira enclausurada nem ficar pra titia, certo? Então, um dia isso vai acontecer, é inevitável. Faz parte do processo evolutivo da pessoa. Todo mundo nasce, cresce, reproduz e morre. Correto?

Antes que ela possa pensar muito aonde você quer chegar, você continua dizendo:

– Então, se o sexo será inevitável, não sei por que tanta resistência. Você está perdendo uma oportunidade única que a vida está lhe dando. Além da oportunidade de ter a sua primeira vez com uma pessoa que a ama muito e que terá toda a paciência do mundo, se for comigo você terá uma grande vantagem que não terá com mais ninguém.

Nesse momento você já atiçou em seu interior uma grande curiosidade. E quando o assunto é sexo, quanto maior for a curiosidade, maior será a vontade de fazê-lo. Então, você chega bem pertinho dela e dá o golpe derradeiro:

– Amor, já que um dia isso terá que acontecer, que seja comigo, porque dos males, o menor.

Pronto, é só correr pro abraço. Porque, além de mostrar senso de humor, você acabou de plantar a curiosidade em seu coração. Ela certamente vai querer comprovar a teoria.

A PRIMEIRA VEZ DELA A GENTE NUNCA ESQUECE

Com o argumento infalível acima, já tive a oportunidade de ter a honra de ser o primeiro cavalheiro de algumas damas. É a mesma sensação de andar num carro zero. Tudo parece diferente. Até o cheiro é diferente. É uma sensação indescritível, que somente quem já a viveu poderia entender o que estou tentando transmitir.

Você se sente como um professor ensinando a uma aluna uma matéria que ela está extremamente interessada em aprender. Cada palavra, cada gesto seu, é atentamente observado e realizado. É como um maestro que conduz uma grande orquestra para executar um clássico.

Ao entrarmos na suíte do motel, previamente preparada com pétalas de flores e uma garrafa de vinho com duas taças na cama, liguei o som com uma música ambiente e falei baixinho:

– Amor, apaga as luzes para o clima ficar mais gostoso.

Pedi a ela que apagasse as luzes por duas razões:

1) Eu não alcanço.

2) O que os olhos não veem a imaginação aumenta.

Começamos com os carinhos, bebemos vinho e o clima foi esquentando aos poucos. Mantendo sempre aquele clima romântico, sem pressionar nem apressar. Quando a única peça de roupa que faltava para ser tirada era sua lingerie de baixo, percebi que ela ainda não estava confortável. Foi quando ela me disse:

– Ai, amor, eu não sei... Estou tão nervosa.

Tinha que pensar em alguma coisa rápido. Foi quando me veio à mente a clássica desculpa que os homens sempre usam nesse momento:

– Amor, eu vou colocar só a cabecinha. Eu prometo.

Curiosamente, ela acreditou de pronto na minha palavra. Mas é claro que, como todo homem faz, a promessa era apenas um artifício para seguir em frente. Em poucos segundos eu já estava empolgadão, indo com tudo até o final, fazendo o melhor que eu sabia. Nisso, ela começou a gemer, até soltar um grito:

– Vai, amor, pronto, agora mete tudo!

– Amor, nada disso! Promessa é promessa – respondi.

AVENTURA NA BANHEIRA

Sim, eu tenho trauma de banheira de hidromassagem. Elas não foram feitas para anões. Aliás, tem algumas banheiras que sinceramente não sei para quem foram construídas: não foram feitas para anões nem para pessoas altas, que não cabem dentro delas de tão apertadas e estreitas que são.

Numa das minhas aventuras eróticas, para tentar impressionar a garota, fomos a uma dessas suítes master, que são enormes, têm tudo, inclusive uma megabanheira de hidromassagem. Pois bem, mal começou o esquenta, a mulher bateu os olhos na banheira e quis brincar lá.

Demorei mais de vinte minutos para conseguir entrar nela. Era muito alta, batia no meu peito. Eu não consigo colocar um pé dentro e outro fora para entrar. Então tinha que entrar meio que escalando. Além disso, ela não tinha uma borda larga, onde eu pudesse me apoiar para sentar e depois entrar. E escalar essas banheiras pelado e suado é uma tortura. A superfície da banheira, além de ser muito gelada, escorregava muito. Caí umas cinco vezes para o lado de fora com a bunda no chão. Só alcancei meu objetivo depois que fui lá no quarto, peguei uma cadeira, subi e entrei na banheira.

É lógico que, depois dessa cena, o clima estava mais para uma sessão de comédia do que para filme erótico. Tivemos que recomeçar tudo novamente para entrar no clima, mas agora já dentro da banheira. Confesso que por alguns instantes não consegui entrar no clima, porque da minha cabeça não saía a seguinte dúvida: como eu vou sair daqui? A cadeira estava do lado de fora e não cabia dentro da banheira. Tudo bem: esqueci desse problema e resolvi curtir o momento.

Beijo vai, beijo vem. Amassos e mãos para tudo quanto é lado, e a coisa foi esquentando. A banheira estava cheia, o que me impedia de sentar, tinha que ficar em pé para não ficar submerso. Então resolvemos brincar de submarino. Comecei a boiar e ela começou a brincar com meu "periscópio". Até que ela resolveu ligar a banheira de hidromassagem.

Foi horrível! Comecei a girar que nem um doido e a bater pra lá e pra cá. Pela força da água e porque o fundo da banheira estava escorregadio por causa do sabão, não conseguia ficar de pé. Senti como se estivesse dentro de uma máquina de lavar roupas. Foi quando comecei a gritar:

– Amor, desliga isso! Pelo amor de Deus!

Pela primeira vez na minha vida eu senti na pele como é ter um pinto pequeno e estar no meio de um *tsunami*.

GRAVIDEZ

Menstruação de namorada e salário são muito parecidos, quando atrasam dá uma dor de cabeça... E quem nunca passou por esse susto? Depois de alguns descuidos ou estripolias com a namorada, passou dias extremamente apreensivos, imaginando como seria a sua vida dali pra frente. Qual seria o nome do bebê? Enquanto a menstruação da namorada não vinha...

Eu também já passei por esse susto. Fui com minha namorada a um motel que tinha uma espécie de piscina rasinha, onde eu consegui ficar em pé e não tinha o perigo da hidromassagem. Quando vi aquilo, fui ao delírio, e acabamos nos empolgando porque a água tornava a mulher mais leve, o que possibilitou várias posições que fora d'água não teria forças para realizar. Só que esquecemos de tomar todos os cuidados, o que foi lembrado apenas depois que tudo tinha acontecido.

Como estávamos muito apreensivos, ela resolveu marcar logo a consulta no médico para tirar de vez a dúvida das nossas cabeças e ver se estava tudo bem com ela, uma vez que tinha sido a sua primeira experiência sexual.

Nesses momentos, os minutos parecem durar dias, e as horas, anos. Até que ela me liga com aquela voz de felicidade, para o meu alívio:

– Tenho duas notícias maravilhosas para contar.

– Pela sua felicidade eu já imagino, conta! – respondi.

– Eu não estou grávida, é 100% certo.

– Nossa, que bom! Mas como o médico tem tanta certeza?

– Essa é a outra boa notícia: eu continuo virgem!

– Mas como assim? Virgem? Você tem hímen complacente?

– Não, amor. É que você não conseguiu chegar...

– Ah, entendi. Que bom, né? Tenho que ir, até mais!

Desliguei o telefone com a sensação de ser o cara com o menor pinto do universo. Juro, naquele momento a notícia de uma gravidez não seria tão má assim.

CADEIRA ERÓTICA

Como já disse anteriormente, motel não está adaptado para anão. Tudo é alto, grande e projetado para a diversão de pessoas altas. Cama, banheira de hidromassagem, chuveiro, televisão e os "brinquedos". Sim, estou falando das cadeiras eróticas. Até hoje eu não faço a menor ideia de como elas funcionam. Será que alguém sabe?

Na minha opinião, elas deveriam vir com manual de instrução em vídeo. Nos quartos de motéis deveria ter um canal dedicado só a vídeos demonstrativos de como utilizá-las. A impressão que tenho é de que nem o fabricante sabe como elas funcionam. Ele simplesmente criou uma cadeira cheia de ferros e alguns assentos e chamou aquilo de cadeira erótica. Certamente foi algum projeto errado que, para não perderem dinheiro, resolveram vender e falar que era ótimo para fazer sexo.

No meu caso, a aventura com esse brinquedinho foi um pouquinho além de constrangedora, foi dolorosa. Tive uma namorada que era ninfomaníaca, dessas muito curiosas, que queria experimentar tudo. Quando entrou no quarto do motel, claro que ela quis brincar com a cadeira erótica de qualquer maneira. Tentei argumentar:

– Vamos brincar de outra coisa? Raciocina, não vai dar certo. Minhas pernas e meus braços são curtinhos e essa cadeira não é tão ajustável assim.

– Poxa, meu zangadinho, vamos tentar? Vamos usar do nosso jeito. Vamos! Vamos! Vamos!

– Vai ser muito difícil, porque no lugar onde é para colocar o joelho, eu vou no máximo conseguir colocar o pé. O local que segura com os braços, eu não alcanço.

Ela estava irredutível. Por mais que eu argumentasse mostrando que não ia funcionar, ela havia cismado com a cadeira, e eu não tive escapatória.

Primeiramente ela se acomodou na posição que achava que era boa. Ao vê-la pendurada no ar, não tive outra escolha senão me aventurar na escalada da cadeira, o único acesso que tinha para conseguir alcançar o meu objetivo.

Segura aqui, põe o pé ali, ajoelha acolá, enfim, como um alpinista consegui trepar naquele objeto estranho e começar a brincadeira. Com o passar do tempo, o sangue sobe, você acaba esquecendo que está em cima da cadeira se equilibrando entre os ferros para não cair. O medo passa, a empolgação aumenta, de repente você está fazendo coisas que até um ginasta duvida. Quando, de repente, o pé escorrega e você cai.

O problema não é a queda em si, e sim os ferros que estão embaixo de você. Para meu azar, acabei caindo encaixado de bunda em um desses ferros. Fiquei igual a um picolé. Comecei a gritar de dor, porque não consegui alcançar o chão para sair dali e ela não tinha forças para me levantar. Moral da história: tivemos que pedir ajuda para os funcionários do motel para me tirar. Foi aquele constrangimento total. Até hoje tenho marcas dessa aventura que nunca mais esquecerei.

CASA DE LAZER

Os anões costumam fazer sucesso nas "casas de lazer". Esse sucesso se deve a vários motivos: curiosidade, oportunidade rara de ter um cliente anão e por achar que é uma forma de ganhar dinheiro fácil, devido à fama de que os anões têm bilau pequeno. Quanto ao último motivo, lamento informar que as moças podem ter uma grande surpresa, mas, se você duvida, que tal conferir?

Um dia, alguns amigos resolveram me convidar para irmos a um desses "centros de lazer". Relutei um pouco no começo, mas, depois de muita insistência, resolvi aceitar o convite. Porém, as dificuldades começaram cedo.

A casa tinha como regra que os homens tinham que vestir um roupão para transitar pelas dependências. Tentei argumentar, mas não tive sucesso: tive que vestir o tal roupão também. Vocês já pararam para imaginar a cena? Porque lá não havia um roupão para o meu tamanho. Fiquei parecendo o "pequeno príncipe".

Nem tive tempo de me acostumar com aquela roupa, meus amigos me levaram para um local que era feito uma boate, onde as moças andavam mais à vontade e faziam apresentações de danças. O problema que ninguém tinha percebido era que todos os homens que estavam naquele local também estavam de roupão. Imagina um local cheio de homens com roupão, vendo mulheres sensualmente lindas dançando, e um anão no meio deles. Não é nada agradável. Lógico que saí urgentemente daquele recinto. Fomos para um local mais tranquilo e vazio.

As moças chegaram. Conversa vai, conversa vem, a temperatura foi aumentando e resolvi ir mais além na conversa. Quando me virei para a moça que tinha gostado, que estava do meu lado, e perguntei se poderíamos continuar a conversa de forma mais reservada, ela topou, mas antes de se levantar da mesa se virou para o meu amigo e perguntou:

– Ai, meu Deus, como é que eu faço agora? Nunca fiz com um anão.

– Você é filha de político? Que assume um trabalho e não tem a menor noção do que é para fazer? Porque, se você não sabe o que fazer, quem é que vai saber? – respondeu.

Depois de um riso coletivo, partimos para o quarto. Ela estava meio sem jeito, sem saber muito bem como começar. Mas fui logo ajudando a moça e me despi. Ao me ver sem roupa, para meu espanto, ela exclamou:

– Nossa! Você é homem de verdade!

– Não, não. Sou um ET disfarçado. Eu também tenho um dedinho vermelho que acende, quer ver?

TADINHA DA ANÃ

Como já dizia a música dos Mamonas Assassinas: "Fui convidado pra uma tal de suruba / num pude ir, Maria foi no meu lugar / Depois de uma semana ela voltou pra casa / Toda arregaçada não podia nem sentar". Não há maneira melhor de começarmos este nosso conto.

Sempre tive curiosidade de saber como era uma suruba. Na verdade, todo mundo tem essa curiosidade, mas poucos têm coragem de confessar. Então, coloquei na minha cabeça que não morreria sem passar por essa experiência. Resolvi ver qual era a dessas casas de *swing*, mas para isso precisava de uma parceira, pois a maioria não aceita solteiros.

Conversei com uma amiga que era anã, que também tinha uma mente aberta, se ela topava ir comigo como se fosse minha namorada. No primeiro momento ela relutou um pouco, mas logo em seguida aceitou. Afinal, ela também tinha a mesma curiosidade. Combinamos tudo, afinal, na casa de *swing* tínhamos que mostrar certa intimidade, pois passaríamos por namorados.

Ao entrarmos no local, começamos a namorar um pouco, para disfarçar, e já começamos a olhar os parceiros com quem iríamos "brincar" naquela noite. Eu me interessei por uma morena linda, que por coincidência tinha um parceiro muito grande. O cara tinha mais de dois metros de altura. Era um típico "armário", três por quatro. Pensei: "Poxa, não vai dar, porque vai ser muita maldade com ela. O cara é muito grande". Mas, para minha surpresa, ela sussurrou: "Vamos chamar aquele casal que tem uma linda morena e um cara grandão?".

Nesse instante surgiu uma mistura de sentimentos em mim. Ao mesmo tempo estava preocupado, assustado e curioso com o que a minha amiga iria encarar pela frente. Quer dizer, encarar por onde ela quisesse. Na minha cabeça uma dúvida permanecia: será possível?

Fomos para o local reservado e começamos a troca de casais e a brincadeira. Porém, os gritos da outra dupla eram tão altos que eu e a morena achamos melhor, num primeiro momento, apenas parar para apreciar.

Era uma cena surreal. Praticamente como se um dogue alemão estivesse cruzando com um yorkshire terrier. A parte do esquenta foi relativamente tranquila. Quer dizer, a parte manual do aquecimento. Na verdade, podemos chamar de corporal, porque o instrumento do parceiro que arranjou era tão grande que ela tinha que fazer *pole dance* com o dito cujo. Parecia brincadeira de festa junina, aquela de subir no pau de sebo.

A brincadeira estava boa, tudo ainda muito divertido para a anãzinha, até que o grandalhão resolveu partir para o finalmente. Os olhinhos dela começaram a revirar antes mesmo que o "bichano" começasse a entrar. Depois de muito óleo, gritos e paciência, o grandalhão foi conseguindo introduzir o seu "brinquedo". Para quem olhava de fora, parecia que a camisinha do cara era a própria anã, tão grandes eram as suas coisas. Aos poucos a velocidade foi aumentando e tudo parecia fluir "normalmente". Embora eu desconfie que, quando ele apertava com força, o seu "brinquedo" saía pela boca da anã.

Para alívio dela e de todas as pessoas que pararam para assistir àquela cena, o grandalhão chegou aos finalmentes, ao fim da tortura, o momento da retirada do "brinquedo". Mas, para a surpresa de todos, o negócio não conseguia sair. Era gente tentando puxar a anã por um lado, o grandalhão pro outro. Gente jogando água fria, para ver se algo diminuía e facilitava o desencaixe. Foram várias tentativas sem sucesso. Quando cheguei mais próximo de seu rosto, para tentar oferecer algum conforto, eu a ouvi cantando, em meio a gemidos, um trecho da música imortal de Sandy & Junior:

"... isso não vai ter fim / nem se eu quiser você sai de mim / Quem escolheu fui eu / E tenho que aceitar / Mas não foi erro meu, você no meu lugar / faria exatamente igual...".

Tudo bem que anões costumam ser megalomaníacos, mas igual a essa minha amiga não existe em lugar nenhum no mundo. Ela perdeu completamente os parâmetros geométricos. Só que a nossa noite acabou, porque tivemos que levá-los ao hospital para fazer uma pequena cirurgia para desfazer aquele enlace.

Perguntas e respostas

Muitas são as dúvidas e curiosidades que rondam a imaginação popular a respeito do sexo quando tem anão no meio. Algumas dessas já devem ter sido sanadas acima, mas outras tantas ainda devem estar sem resposta. Para tentar respondê-las, dedicamos esta seção de perguntas e respostas. Provavelmente são perguntas que você sempre quis fazer mas nunca fez, por vergonha ou falta de oportunidade mesmo.

1) Como um anão beija alguém? Ela tem que se abaixar?

O anão beija alguém com a boca e com a língua. Você ainda não aprendeu, não? Treine com laranja que você vai entender melhor como se faz. Se ela se abaixa? Bem, aí depende, né? Porque na horizontal não tem essa de altura. Assim, também se os dois estiverem sentados a altura é a mesma, ou seja, em lugares como carro, cinema e barzinho, nada muda para um anão. Agora, se ela estiver em pé e eu for beijá-la, você há de convir que, pela minha altura, o beijo será muito mais interessante.

2) Na hora H, um anão consegue ficar beijando em cima e comparecendo embaixo?

Claro que não! Eu não consigo ficar beijando e dar conta do recado ao mesmo tempo. Mas, sinceramente, quem é que faz isso? Qual o homem romântico que, na hora que o clima esquenta, fica fazendo as duas coisas ao mesmo tempo? Don Juan? Certamente o cara não deve ser bom na pegada ou tem um fôlego fora do comum.

3) Um anão consegue subir na cama sem ajuda?

Não, não. Eu peço para ela fazer "pezinho", ou então uso uma vara para dar impulso, que nem os atletas de salto com vara. É verdade que tem algumas camas, essas *king size,* que eu tenho que pegar impulso ou utilizar algo, geralmente um criado-mudo, para subir. Agora, quando eu realmente não consigo subir, lanço mão de um velho truque:

– Amor, eu sempre tive uma fantasia de ser carregado nos braços de uma mulher e ela me jogar na cama. Você realizaria esta minha fantasia?

4) Se a mulher deitar na cama, um anão não irá alcançá-la do chão?

Só se subir na cama também, né? Como você faria esta posição? Você já leu o *Kama Sutra*? Já viu quantas posições existem? Por que você vai cismar logo com esta? Além do quê, não é das melhores. Mas dá para fazer, sim, basta eu pegar o sofá que sempre tem num quarto de motel, encostar junto à cama e ficar em cima do mesmo. Viu? Muito simples.

5) Como rolaria, por exemplo, um 69 com anão?

Se for um anão com uma anã, é tranquilo, não tem a menor novidade. Mas se um deles for alto, basta seguir a dica: ou ficam de ladinho, porque a pessoa mais alta se curva, como se fosse dormir de conchinha, ou o anão fica por baixo. Reflita sobre o assunto que você entenderá.

6) Se ela estiver de quatro, você alcança?

Posso ser baixinho, mas nem tanto. E esta posição é uma das mais reguláveis em nível de altura. Se você já fez, saberá do que estou falando.

7) Um anão consegue fazer todas as posições que estão no *Kama Sutra*?

Lógico que não! Aliás, nem um anão, nem você, nem 99% da população mundial consegue. Só mesmo uma pessoa que nunca viu esse livro de perto ou tentou fazer as posições indicadas é capaz de fazer uma pergunta dessas. Mas sou capaz de fazer coisas que você nem imaginava e também não é capaz de fazer.

8) Se rolar piscina ou banheira, um anão tem que entrar de boia para não se afogar?

Não, eu sei nadar. Mas para essas aventuras aquáticas sempre levo duas mulheres comigo, que ficam se revezando no papel de apoio e de dar prazer. Tá vendo? Tenho sempre uma desculpa para estar com duas, diferentemente das pessoas altas, que não têm essa vantagem.

9) É verdade que os anões têm bilau pequeno?

Pelo visto, o meu é do tamanho da sua curiosidade. Já ouviu falar da teoria do "L"? Informe-se. Faça o seguinte: entre na internet ou vá à locadora e veja alguns videozinhos sobre o assunto. Sabe como é: uma imagem vale mais que mil palavras. Mas, lembre-se, nem tudo do anão é proporcional à sua altura. O coração, os pulmões e os rins, por exemplo, são do tamanho dos de uma pessoa alta. Agora, se esses órgãos são do tamanho normal, por que outros órgãos também não podem ser?

10) É verdade que anão paga meia na zona?

Mais ou menos. Somente quando ele faz programa com a sua mãe. Vá pensando que anão não dá trabalho na cama. Coitada da moça que achar que vai ganhar dinheiro fácil fazendo programa com anão. Anão come que nem gente grande, nos dois sentidos. Logo, paga que nem gente grande.

O ANÃO E AS MÚSICAS

Provavelmente você nunca percebeu, mas existem algumas músicas que, se cantadas para um anão ou na sua perspectiva, mudam completamente de contexto, podendo até mesmo lhe causar traumas irreparáveis. Pensando na defesa dos meus iguais, e tentando evitar que eles também tenham que gastar muito dinheiro com várias sessões de análise com psicólogos, comentarei abaixo algumas dessas letras traumatizantes para que você nunca as cante para um anão. Mas, se você conhece um baixinho que está lhe pentelhando a vida e quer dar o troco, abaixo tem um repertório sádico para torturá-lo para sempre.

Começarei com as mais clássicas e perversas, que na minha opinião deveriam ser proibidas, pois são praticamente um *bullying* com os anões:

"Eu vou, eu vou
Pra casa agora eu vou
Parará-tim-bum
Parará-tim-bum
Eu vou
Eu vou
Eu vou
Pra casa
Agora eu vou
Parará-tim-bum
Parará-tim-bum"
(Música do filme Branca de Neve e os sete anões)

Você vai é para o inferno! Se você realmente quer sacanear um anão, cantarole essa música para ele. No clássico desenho animado, os anões trabalham quase como escravos, são porcos e ainda não pegam a gatinha da Branca de Neve que resolveu morar com eles. Mas todo mundo ao ver um anão associa logo a essa música. Então, desde pequenos nós, anões, já ouvimos mais de um trilhão de vezes essa canção. É como esses ritmos que estouram no verão e não saem da cabeça porque toda hora estão tocando no rádio. O problema é que com essa música, para os anões, é como se o verão nunca acabasse. Então tem sempre um amigo engraçadinho, que acha que está sendo superoriginal, e canta essa musiquinha para você, que é anão. Não faça isso!

"Num jardim encantado
Muito bem assombrado
Pra lá de pirlimpimpim
Mora o anão assim
Pá na mão e gorrinho
Assim é um anão
De cachimbo e narigão
Baita dum barrigão
Tem a barba comprida
Tem a cara sabida
A risada que tem um som que nem um trovão
Ele não é famoso
Nem Zangado nem o Dengoso
Ou engraçado que nem o Dunga
Nem o Mestre nem mais Feliz
Nem o Soneca nem o Aaa...tchim
É só um anão assim
Olha só o endereço
É no fim do começo
Da ladeira do sabão
– Cuidado o escorregão!"

(Anão assim – Balão Mágico)

Essa música passou dos limites, para mim já é considerada *bullying*. O anão é um sem-terra, que mora num jardim longe pra caramba e ainda num lugar mal-assombrado. Ou seja, mora dentro de um cemitério. Num jardim de um mausoléu? Em seguida, a música descreve o anão como um monstro: barrigão, barba e risada forte que nem um trovão. Ele não ri, arrota. E para finalizar a música, o anão não é porra nenhuma, mora solitário no alto do morro. Depois, as crianças ouvem essa música, ficam com medo de anão e ninguém sabe por quê.

> *"Quero acordar bem cedinho, fazer um lanchinho,*
> *laranja, café, leite e pão.*
> *Quero também chocolate, iogurte, abacate, biscoito, presunto e melão.*
> *Quero comer toda hora, uma torta de amora, bolinha de anis ou caju.*
> *Eu gosto mais de torrada, uma baita fritada de carne de cobra e tatu.*
> *Eu gosto mais de torrada, uma baita fritada de carne de cobra e tatu.*
> *Até de tatu?*
> *De cobra faz mal?*
> *Mas que comilão!*
> *Não, não, não!*
> *Comer, comer, comer, comer,*
> *é o melhor para poder crescer!*
> *Comer, comer, comer, comer,*
> *é o melhor para poder crescer! [...]"*
> *(Comer – Eliana)*

MENTIRA! Essa música é a maior mentira que contaram para mim! Desde criança eu acreditei nessa música e comia muito. Comia tudo que via pela frente: beterraba, cenoura, jiló, alface, agrião, peixe, carne, frango, mocotó... Teve uma época em que eu comi tanto, mas tanto, que acabei me transformando num pogobol: baixinho e redondinho. Essa música é uma propaganda enganosa, que cria falsas expectativas nos anões e só faz com que eles cresçam para os lados.

Agora comentarei algumas músicas que aparentemente são bonitas, mas se você parar para analisá-las sob um outro ponto de vista, perceberá que elas trazem uma mensagem subliminar de sacanagem com os anões.

"É pau, é pedra, é o fim do caminho
É um resto de toco, é um pouco sozinho
É um caco de vidro, é a vida, é o sol
É a noite, é a morte, é o laço, é o anzol [...]"
(Águas de março - Tom Jobim)

Essa linda obra-prima do grande mestre Tom Jobim na verdade manda uma pequena mensagem subliminar de que, quem pega um anão na noite, na verdade já está no fim do caminho. A música na verdade mostra várias cenas. A primeira são duas pessoas conversando, quando veem uma mulher ficando com um anão na balada. Ao verem a cena, acham muito estranho aquilo, começam a falar uma com a outra, e a tradução do diálogo que virou música seria mais ou menos assim:

– A primeira pessoa diz: "É pau", ou seja, ela quis dizer que a pessoa está pegando o anão apenas por necessidade de tirar o atraso.

– A outra retruca: "É pedra", ou seja, ela só pode estar usando pedra de *crack*.

– "É o fim do caminho": as duas pessoas concluem que a pessoa atracada com o anão está no fim do caminho. Porque ela está se atracando com "um resto de toco", pois era o único homem que estava "um pouco sozinho".

– Mas a mulher também "é um caco de vidro".

– Ah, "é a vida"! "É o sol" que fez isso com ela. Ficava o dia inteiro na praia.

– "É a noite" também. Ficava nas madrugadas direto. Agora tá aí acabada, catando homem na balada. Isso "é a morte".

– "É o laço" de união estável que você tem que conseguir quando ainda está inteira. Senão, terá que ficar pescando qualquer coisa na noite. Aí, você não tem mais escolha. "É o anzol" que escolherá a sua sorte. O que ele pegar, pegou. E você não pode reclamar.

"[...] É preciso amar as pessoas
Como se não houvesse amanhã
Porque se você parar pra pensar,
Na verdade não há.
Sou uma gota d'água
Sou um grão de areia
Você me diz que seus pais não entendem

Mas você não entende seus pais.
Você culpa seus pais por tudo
E isso é absurdo
São crianças como você.
O que você vai ser
Quando você crescer?"
(Pais e filhos - Legião Urbana)

Particularmente sempre gostei muito das músicas da Legião Urbana e do Renato Russo. Mas nessa música ele mandou uma indireta para os anões. Reparei que sutil e carinhosamente ele começa sugerindo que está falando de anões: "Sou uma gota d'água (= anã) / sou um grão de areia (= anão)", para logo em seguida fazer a pergunta mais cretina que se pode fazer para os anões: "O que você vai ser quando você crescer?". Não ferra, Renato. Vou ser jogador de basquete. Tá satisfeito agora?

"Nunca deixe que lhe digam
Que não vale a pena acreditar no sonho que se tem
Ou que seus planos nunca vão dar certo
Ou que você nunca vai ser alguém
Tem gente que machuca os outros
Tem gente que não sabe amar
Mas eu sei que um dia a gente aprende
Se você quiser alguém em quem confiar
Confie em si mesmo
Quem acredita sempre alcança"
(Mais uma vez - Renato Russo)

Sinceramente, acho que o Renato Russo tinha alguma fixação por anões. Mais uma música em que ele manda uma mensagem subliminar. Ele começa bem, dando uma moral para alguém que, provavelmente, está meio desgostoso da vida, que está achando que nada vai dar certo, que não vai ser ninguém. Alguém que tem alguma deficiência, que volte e meia é machucado por terceiros e não consegue pegar ninguém. Enfim, um anão. Nesse ponto, ele resolve dar uma força pro baixinho dizendo para ele ter mais autoconfiança. Para, no final, dar aquela sacaneada: "Quem acredita sempre alcança". Por mais que eu acredite, jamais alcançarei: as campainhas das casas para tocá-las, a lâmpada do meu quarto, a última prateleira dos supermercados nem as balanças de restaurante de comida a quilo.

"Meus pés não tocam mais o chão.
Meus olhos não veem minha direção.
Da minha boca saem coisas sem sentido.
Você era meu farol e hoje estou perdido [...]"
(Sem ar – D'Black)

Essa música é conhecida como a melô do anão motorista. Qual criatura na face da terra não consegue mais tocar com os pés no chão? Claro que só pode ser um anão! Somente um anão sentado numa cadeira não é capaz de alcançar o chão. E, pior, esse anão não está conseguindo enxergar a direção. Ou seja, ele está no volante de um carro, está tentando dirigir, mas não está conseguindo. Porque nem os pés dele estão alcançando o chão, logo não alcança os pedais, como também não está vendo nada que está passando na frente do carro.

"Como Zaqueu eu quero subir,
O mais alto que eu puder.
Só pra te ver, olhar para Ti,
E chamar sua atenção para mim,
Eu preciso de Ti, Senhor,
Eu preciso de Ti, ó Pai.
Sou pequeno demais,
[...]
Porque o Senhor é meu bem maior, faz um milagre em mim."
(Faz um milagre em mim – Régis Danese)

É uma música de mensagem religiosa muito bonita, mas no fundo fomenta mais uma vez uma falsa esperança. Observe que esse Zaqueu também era um anão. Porque ele precisou subir no lugar mais alto que ele alcançava – na passagem bíblica conta-se que era uma árvore grande – para conseguir ver Jesus, olhar para ele. Por mais baixo que ele fosse, não precisaria subir em árvore para olhar nos olhos de Jesus, exceto se fosse anão. Depois de tanto sacrifício, ele finalmente consegue olhar para Jesus face a face (já que estava no alto) e pede um milagre. E que milagre era esse? Certamente para ser grande. O que Jesus faz? Entra na casa do Zaqueu, come e bebe, converte seu coração e, além de deixá-lo baixinho, ainda o obriga a devolver em dobro tudo aquilo que ele tinha roubado das pessoas. Ou seja, o único anão que aparece na Bíblia, além de não ter ficado grande no milagre, é retratado como ladrão.

"O que você vai ser quando crescer?
O que a gente vai fazer quando se ver
De novo?
O que será que acontece
Pra gente um dia não se querer mais?
Eu só queria um pouco de paz
Eu sou o que eu queria ser quando crescer
E eu me enxergo em todo lugar
Exceto aonde você está
O mundo ao meu redor é estranho agora
Que eu já não te tenho mais
Eu só queria, mas eu nem sei mais"
(Quando crescer – Fresno)

Essa letra também mostra uma situação muito comum que acontece com anões. Conta uma história de um casal de namorados que se apaixonaram quando crianças. Na infância, a diferença de tamanho entre uma pessoa de estatura normal e um anão não é tão visível assim. "Eu sou o que eu queria ser quando crescer". Todo anão sempre é o que um dia será quando crescer, já que ele jamais cresce. Com o passar do tempo, essa defasagem vertical vai ficando mais acentuada e as coisas começam a mudar: "O mundo ao meu redor é estranho agora". E nesse momento é que ele percebe que a sua namorada não o quer mais e, mais uma vez, ele rodou.

"[...] É um vírus que se pega com mil fantasias,
Um simples toque de olhar,
Me sinto tão carente, consequência desta dor,
Que não tem dia e nem tem hora pra acabar.
Aí eu me afogo num copo de cerveja,
Que nela esteja minha solução,
Então eu chego em casa todo dia embriagado,
Vou enfrentar o quarto e dormir com a solidão [...]"
(Que se chama amor – Raça Negra)

É a famosa melô do anão bêbado e carente. Poderia ser uma música de um carente qualquer, que não teve seu amor correspondido, se não fosse o pequeno detalhe da frase: "Aí eu me afogo num copo de cerveja". Ou seja, um anão que não consegue chegar junto da garota, fica depressivo e resolve de suicidar de uma maneira original: indo ao bar e se jogando dentro do copo de cerveja. E o pior: foi uma tentativa frustrada porque ele conseguiu chegar em casa. Imagine só: o cara já está todo deprimido, faz um papelão desses de tentar se afogar num copo de cerveja, não consegue porque alguma alma caridosa deve tê-lo salvado, e ele ainda tem que voltar para casa bêbado e conformado por não ter conseguido se suicidar. É muita humilhação para uma pessoa que já está arrasada e sofrendo de amor platônico.

"Tem horas que não dá pra esconder no olhar,
Como as coisas mudam e ficam pra trás,
O que era bom hoje não faz mais sentido.
E uma hora isso ia acontecer.
A vida cobra e a gente tem que crescer.
Me pergunto se você pensa em mim como eu penso em você"
(Onde estiver - NX0)

Essa música me faz lembrar de uma história de amor que vivi na minha adolescência, pois ela fala justamente sobre isso. É a história de um casal de namorados adolescentes, em que um deles é anão. No começo do namoro parece que a namorada não tem muita certeza se o cara é ou não anão. Parece apenas um cara baixinho. Mas logo ele percebe no olhar dela que não dá mais para disfarçar, ela percebeu que ele é anão. A partir dessa descoberta, tudo muda na relação do casal. O que era bom (ele ser baixinho), agora já não é tão bom assim, pois para ela não faz mais sentido namorar com ele. Agora, bem feito para ele, que já sabia que isso ia acontecer, porque um dia a vida ia cobrar isso dele: que crescesse, o que ele não conseguiria. E o pior: depois de levar um toco, ainda fica rastejando aos pés dela, perguntando se ela ainda pensa nele.

"Meu pintinho amarelinho
Cabe aqui na minha mão (na minha mão).
Quando quer comer bichinhos,
Com seus pezinhos ele cisca o chão.

Ele bate as asas, ele faz 'piu-piu!',
Mas tem muito medo é do gavião".
(Pintinho amarelinho - Gugu Liberato)

Essa é a clássica música do anãozinho quando vai ao banheiro. É uma forma carinhosa de ele agradar o seu grande amigo, aquele que lhe dá muitas alegrias (e algumas decepções): o seu "piu-piu". Realmente é lenda que algum anão seja bem-dotado, senão ele teria que ser perneta ou viveria tropeçando "nele".

Mas existem músicas que são favoráveis e enobrecem os anões.

"Ô coisinha tão bonitinha do pai (8x)
Você vale ouro, todo o meu tesouro
Tão charmosa da cabeça aos pés
Vou lhe amando lhe adorando
Digo mais uma vez
Agradeço a Deus porque lhe fez
Charmosa você é tão dengosa
Que só me deixa prosa
Tesouro você vale ouro
Agradeço a Deus porque lhe fez".
(Coisinha do pai - Beth Carvalho)

Sempre me emociono ao ouvir essa música. Era a música que cantavam para mim na hora de dormir e para me despertar. Quando isso acontecia, eu ficava todo feliz e me achava a pessoa mais linda do universo. A notícia mais feliz foi ver o robô que enviaram para colher material do solo de Marte sendo "despertado" com a "minha" música. Não sei por quê, mas me identifiquei muito com esse robô.

"Foram me chamar
Eu estou aqui, o que é que há (2x)
Eu vim de lá, eu vim de lá pequenininho
Mas eu vim de lá pequenininho
Alguém me avisou pra pisar nesse chão devagarinho (2x)
Sempre fui obediente
Mas não pude resistir
Foi numa roda de samba
Que juntei-me aos bambas

Pra me distrair
Quando eu voltar na Bahia
Terei muito que contar
Ó padrinho não se zangue
Que eu nasci no samba
E não posso parar
Foram me chamar"
(Alguém me avisou – Dona Ivone Lara)

Também me identifico muito com essa música, por gostar de samba. A canção se passa numa conversa informal entre amigos, e resolvem chamar o anãozinho. Só que as pessoas estão sem paciência e querem que ele corra para chegar logo na roda onde está rolando a conversa, o que o deixa meio chateado. Porque alguém havia dito para ele não correr e vir devagarzinho. Como sempre foi uma pessoa obediente, ele estava apenas cumprindo o que lhe pediram. Ao chegar na roda, ele explicou como surgiu a sua paixão pelo samba, mesmo sendo um autêntico baiano.

O ANÃO E AS PIADINHAS

Quem nunca ouviu uma piada de anão? Eu já ouvi várias. Assim como os portugueses, papagaios e padres, nós, verticalmente prejudicados, também somos homenageados pela cultura popular com uma coletânea bem vasta de piadinhas. Sendo assim, para que você não fique por fora ou sem arsenal de piadas para contar na roda de amigos, resolvi fazer um pequeno (claro, porque se fosse grande seria um paradoxo) apanhado das anedotas mais conhecidas de anão. Agora, se algum dia você encontrar um anão e resolver contar uma dessas piadas, eu não me responsabilizo pela sua integridade física. Então, boa diversão!

Sabe qual a única maneira de um anão ficar alto?
Quando ele fica bêbado.

***

A freira vai à rua e vê um garotinho sentado na calçada, todo sujo e cabisbaixo.
Então ela vai ao seu encontro e diz:
– Meu filho, você tem mãe?
– Não, tia.
– E pai?
– Também não.
– Então você não quer ir para o convento comigo?
– Eu quero.
Chegando ao convento, a freira diz ao garoto:
– Meu filho, venha até o banheiro que eu vou lhe dar um bom banho.

O garoto, todo envergonhado, vai.
– Meu filho, tira a roupa para eu ajudar a limpar toda essa sujeira.
O garoto, todo envergonhado, tira a roupa e vira de costas para a senhora. Ela começa a lavá-lo, esfregando suas costas. Quando ela manda o garoto virar de frente, vê a manjubona do garoto e exclama:
– Meu filho, quantos anos você tem?
– Qualenta.

***

Por que todo anão atravessa a rua correndo?
Porque precisa pegar impulso para subir na calçada!
Nota do autor: o pior é que existem muitas calçadas bem altas, e essa piada se torna verdadeira.

***

Um anão muito folgado chega num bar lotado, dá um chute na cadeira, sobe na mesa e grita:
– Tem um cara valente que goste de uma boa briga?
No mesmo instante se levanta um camarada de 2 metros de altura, chega perto do baixinho e diz:
– Eu gosto de brigar! Por quê?
O anão responde:
– Muito bem! Espere um instante... Já arranjamos um! Tem algum outro valente aqui?

***

Certa vez, um anãozinho, desses bem baixinhos mesmo, estava passando por uma rua em que acabara de ocorrer um acidente de carro. Com aquele mar de gente em volta do acidente, ele não conseguia enxergar o acidente, se a vítima tinha se machucado muito. Pedia licença para passar, para chegar mais perto, e ninguém lhe dava ouvidos.
Tentou usar a força, procurando passar por entre as pernas das pessoas, mas também não conseguiu espaço, nenhuma brechinha para chegar próximo do local do acidente. Então, teve uma brilhante ideia: "Se eu não consigo passar usando a força, vou passar usando a inteligência".
O anão começou a gritar:
– Abram espaço! Abram espaço! Porque chegou o irmão da vítima.

Todo mundo saiu da frente. Todo feliz porque sua ideia tinha dado certo, o anão saiu correndo ao encontro da vítima. Quando finalmente chegou perto, viu que a vítima era um burro que um carro tinha atropelado.

***

Calor de 40 graus na rua, um anão sedento entra em um bar. No lado de dentro o anão vê que o bar está completamente vazio. Mas como está muito sedento, o anão se aproxima do balcão e grita:

– Me dá uma Coca-Cola!

Aguarda um instante e nada. Então resolve gritar novamente:

– Me dá uma Coca-Cola!

Espera mais um tempo, e nada de a bebida chegar. Depois da quarta vez em que ele faz o pedido, o anão fica muito chateado e resolve gritar seguidamente:

– Me dá uma Coca-Cola!

– Me dá uma Coca-Cola!

– Me dá uma Coca-Cola!

Depois de vários gritos, o anão já sem fôlego resolve dar a volta no balcão, e encontra outro anão ali atrás pulando e gritando desesperadamente:

– Com gelo ou sem gelo?

– Com gelo ou sem gelo?

– Com gelo ou sem gelo?

***

Qual é o cúmulo do anão?

Sentar na beira da calçada e ficar balançando as pernas.

***

Sabe por que uma anã não pode usar OB?

Porque a cordinha fica arrastando no chão.

***

Um cara vê um anão saindo de um centro espírita todo sorridente e pergunta:

– Ei, anão, por que você está tão contente?

E o anão responde:

– Porque eu não sou mais um anão, agora eu sou um médium.

Um anão e uma anãzinha vão ao motel. Amasso vai, amasso vem, a anã, muito apressada, tira logo a roupa. Ao vê-la nua, o anão põe logo a mão para dentro das calças e começa a mexer. Ela, ao ver aquela cena, fica meio encabulada, mas, para não quebrar o clima, chega no ouvidinho do anão e pergunta:

– Tá duro, é, amor?

E o anão responde:

– É... Tá duro de achar!

***

Um funcionário passa por uma colega de trabalho e diz que os cabelos dela têm um cheiro muito gostoso. Ela não perde tempo e vai reclamar com o chefe, que responde:

– Mas, afinal, não vejo razão para sua reclamação. Qual é o problema de um colega de trabalho dizer que o seu cabelo tem um cheiro gostoso?

– O problema, chefe, é que ele é anão!

***

No circo, um pouco antes da apresentação noturna, o gigante e o anão vão ao banheiro para esvaziar a bexiga. Eles estão lado a lado se aliviando, quando o gigante percebe que o anão não para de piscar, e pergunta:

– Anão, você é veado? Não para de piscar pra mim!

O anão fica bravo e responde:

– Sou não, poxa! É que você tá respingando xixi na minha cara.

***

Num vagão de metrô, um anão começou a escorregar pelo banco e um passageiro, solidário, o recolocou na posição correta no assento. Pouco depois, lá ia o anão escorregando novamente e o mesmo passageiro o recolocou novamente no assento. Quando a situação se repetiu pela quinta vez, o homem, já irritado, esbravejou:

– Será que você não consegue ficar sentado direito?

O anãozinho respondeu:

– Meu amigo, há umas cinco estações estou tentando desembarcar e o senhor não deixa.

***

O anão resolveu sair pra tomar umas e esquecer os problemas. Entrou no primeiro boteco que viu, conhecido como "Bar dos Malhados". Ficou um tempão pedindo cerveja e o dono do boteco nada. Resolveu observar como os caras pediam cerveja.

– Você me dá uma cerveja aí, senão...

Na mesma hora o dono do boteco providenciou a cerveja para o *saradão*, morrendo de medo. Ficou observando por mais um tempo, e era sempre a mesma coisa: "Você me dá uma cerveja aí, senão..", e o dono trazia na hora.

O anão pensou: "Ah, então é assim que esse corno dono do bar dá cerveja, né? Deixa ele comigo". Chegou no balcão, bateu e gritou, encarando o dono do bar:

– Rapaz, você me dá uma cerveja aí, senão...

– Senão, o quê?

– Senão eu bebo um refrigerante mesmo, uai!

***

Os sete anões chegam ao Vaticano e vão falar com o Papa. Como eles eram pessoas muito ilustres, o Papa logo lhes concede uma audiência. Assim que começa a conversa com o Papa, o Dunga pergunta:

– Papa, nós temos uma curiosidade. Aqui no Vaticano existe alguma freira anã?

O Papa calmamente responde:

– Não, não existe freira anã no Vaticano.

Os outros seis anões começam a rir baixinho. O Dunga, meio sem jeito, volta a perguntar:

– Mas, Santo Papa, existe freira anã na Itália, não existe?

– Não, Dunga, não existe freira anã na Itália.

Os outros seis começam a rir, mais alto.

– Mas, Santo Papa, na Europa tem freira anã, não tem?

– Não, Dunga, não tem freira anã na Europa.

Os outros seis já estão às gargalhadas. O Dunga continua:

– Mas, Santo Papa, deve existir freira anã na África ou na América, não é?

O Papa, já perdendo a paciência, responde:

– Não, Dunga, não existe freira anã na África, nem na América, nem na Ásia, nem na Oceania. Não existe freira anã em lugar nenhum!

Os outros anões, quase explodindo de tanto gargalhar, começam a pular e a gritar:

– O Dunga comeu um pinguim! O Dunga comeu um pinguim! O Dunga comeu um pinguim!

***

Um anão estava caminhando quando ouviu:
– Duende de jardim! Duende de jardim!
– Duende de jardim o cacete! – respondeu ele, puto da vida.
Tempos depois na pracinha:
– Duende de jardim! Duende de jardim!
– Duende de jardim o caralho! Ninguém pode me chamar assim!
– Por quê?
– Por que não sou duende... Sou gnomo!

***

Estava um bêbado dormindo num bar que ficava próximo de um campo de futebol, onde haveria uma pelada entre anões. Como o vestiário estava quebrado, os anões foram se vestir no bar. Depois de prontos, eles saíram do bar fazendo muito barulho, acordando o bêbado. Este levantou meio assustado e, ao ver o time de anões saindo do bar, deu um salto e gritou para o dono do bar:
– Seu Manoel, corre e vem fechar logo as portas do bar, porque os seus bonequinhos do jogo de pebolim estão fugindo todos!

***

O anãozinho chegou ao banheiro masculino, se aproximou de um cara que estava mijando e disse:
– Ei, tio, me ajuda a subir nesse banquinho pra eu mijar também!
Depois de o cara ter colocado o anão no banco, esse logo pegou no saco do cara e falou:
– Me passa a tua grana, senão eu pulo do banco!

***

O anão chegou na zona e levou uma puta pro quarto. Só que o pedaço de gente escolheu logo uma puta que era histérica. Eles iniciaram a festa e ela começou a gritar muito alto:
– Ai, vem com tudo! Me arrebenta! Vem com tudo, anão gostoso!

O anão foi ficando sem jeito, todo mundo devia estar ouvindo aquela gritaria. E a puta não parava de gritar:
– Me maltrata, anão! Você é o cara mais gostoso que eu já transei! Vai, anão! Vai, anão!
E o anão ficando envergonhado. Até que uma hora ele não aguentou mais, porque, além do escândalo que ela estava fazendo, estava na cara que era puro teatro. Virou-se para ela e disse:
– Dá pra você falar baixinho?
Então ela começou a gritar:
– Vai, baixinho! Vai, baixinho! Me maltrata, baixinho! Você é o melhor de todos, meu baixinho!

***

Um anão foi ao circo assistir ao espetáculo. Chegando lá, optou por sentar na primeira fila, próxima à arena, pois os degraus da arquibancada eram muito altos para ele.
Vieram os palhaços, os malabaristas e todos riam muito.
Quando vieram o domador e o leão para o picadeiro, aquele clima tenso se instaurou no circo, pois todos estavam muito apreensivos. Na primeira chicotada, o leão rugiu ferozmente.
– OHHHH! – todos gritaram assustados.
Na segunda chicotada, o leão partiu para cima do domador e estraçalhou o coitado. A seguir, foi para cima da plateia. Foi aquele corre-corre danado, todos subindo para o último degrau da arquibancada, para tentar escapar do leão. E o leão olhava fixamente para a multidão enlouquecida.
Quando todo mundo conseguiu chegar ao topo da arquibancada, perceberam que o anãozinho não conseguia subir os degraus e ficara lá embaixo.
Desesperados e com pena dele, começaram a gritar:
– O anãozinho! Olha o anãozinho!
No mesmo instante o anãzinho respondeu:
– Cambada de filhos da mãe! Deixa o leão decidir sozinho o que ele quer comer.

***

Sabe por que anão não pode ir a praias de nudismo? Porque vai acabar metendo o nariz onde não é chamado.

Por que os anões não podem lutar boxe?
Porque eles só dão golpes baixos.

***

Um anão que morava no 26º andar sempre subia pelo elevador só até o 13º andar e depois ia pela escada. Mas, sempre que chovia, ele subia no elevador até o 26º andar.
Por quê?
Porque nos dias de chuva ele estava com o guarda-chuva.

***

Como se sabe quando um anão soltou um pum?
Quando em volta dele a poeira levanta do chão.

***

Um anãozinho foi com uma anãzinha ao motel e começaram aquele amasso gostoso, até que o anãozinho resolveu tirar uma onda de romântico, virou para a namorada e disse:

– Um instante, amor, vou ligar para pedir um champanhe, porque essa noite é muito especial.

Então, pegou o telefone e pediu para que levassem o champanhe para a suíte master onde eles estavam. Porém, como o clima entre o casal estava muito *caliente*, eles esqueceram de fechar a porta que dava para a área onde o funcionário do motel entraria para deixar a bebida. O funcionário do motel tocou a campainha como de costume, mas o rala-e-rola estava tão intenso que eles nem perceberam.

Cinco minutos depois eles se deram conta de que o funcionário do motel estava na porta do quarto olhando fixamente a cena de amor deles. O anãozinho, muito irritado, perguntou ao funcionário:

– Qualé, cara? Vai ficar aí olhando? Nunca viu, não?

– 69 eu já vi várias vezes, mas 34,5 é a primeira vez.

ANÃO E TRABALHO

Não, eu não trabalho numa mina nem moro com mais seis anões numa casa apertada e suja no meio da floresta. Também não trabalho fazendo animação infantil nem fazendo palhaçadas no circo, embora ache essas profissões tão dignas quanto as demais. Também não trabalho como lenhador de *bonsai*, pintor de rodapé, salva-vida de aquários nem segurança de matinê infantil. Fiz faculdade, mestrado, estágio, trabalhei em empresa privada, fiz concurso e atualmente trabalho como servidor público.

Entretanto, não estou isento de situações inusitadas e engraçadas relacionadas ao meu trabalho. Já vivenciei diversas situações cômicas no meu trabalho, de certa forma cotidianas e comuns, mas que se tornaram uma grande piada. É isso que este capítulo abordará.

O ATAQUE DO CARDUME

Numa viagem de trabalho, como o evento acabava na sexta, eu e um colega de trabalho, aproveitando que estávamos em Recife, resolvemos adiar até a madrugada de sábado para domingo a volta para o Rio de Janeiro. Dessa forma, aproveitaríamos para conhecer as maravilhas que a cidade tinha a nos oferecer. Enfim, reservamos o sábado para passear e conhecer Porto de Galinhas.

Ir a Porto de Galinhas e não fazer o passeio de jangada até as piscinas naturais formadas pelos corais é a mesma coisa que ir a Roma e não ver o Papa. Pagamos e fomos fazer o famoso passeio.

Vista linda, praia maravilhosa, um verdadeiro paraíso na

terra. Cenário digno das melhores produções cinematográficas. A jangada parou ao lado de uma das piscinas naturais formadas pela combinação de corais e maré baixa. Cada piscina tinha um cardume colorido, que ficava preso devido à baixa da maré, permitindo que os visitantes nadassem junto com os peixes.

Comecei a nadar hipnotizado com a beleza do cenário e do cardume que nadava perto de mim. Um clima de paz e tranquilidade, até que, de repente, aqueles peixes pacíficos pareceram estar incorporados e começaram a pular em cima de mim. Era peixe na cara, na boca, no olho, enfim, era peixe em tudo quanto é lugar do meu corpo.

Quando consegui me livrar daquele ataque, olhei para cima e vi o meu colega de trabalho jogando mais ração de peixe em cima de mim, com uma satisfação no olhar e um riso quase diabólicos. Foi então que descobri a razão da mudança tão abrupta de humor daqueles lindos e dóceis peixes das piscinas naturais de Porto de Galinhas.

UMA BOA DESCULPA

Quem é que nunca perdeu a hora? Tinha um compromisso cedo, uma reunião muito importante e esqueceu completamente dela. Comigo também já aconteceu isso.

Uma semana antes meu chefe tinha me consultado sobre se haveria problema em marcar uma reunião uma hora antes do início do expediente, pois o fornecedor só poderia estar presente nesse horário. Como era novo no emprego, aceitei só para fazer aquela média com o chefe. Anotei na agenda do meu celular e apaguei da minha memória.

No dia da tal reunião, acordei no mesmo horário de costume para mais um dia comum de trabalho, até que peguei o celular. Nele estava a mensagem da agenda lembrando que era o dia de chegar UMA hora mais cedo.

Eu creio que, se eu tivesse algum problema cardíaco, teria infartado na hora. Se não morri ali, naquele instante, de susto, nem precisava procurar cardiologista, porque meu coração tinha passado no teste com louvor.

Começou a correria: o coração acelerou, a tremedeira chegou, o raciocínio parece que resolveu sair de casa na frente para ver se chegava antes. Enfim, foi uma grande loucura, muito melhor do que qualquer banho frio para despertar.

Apesar de tanto esforço e agilidade, só consegui chegar ao trabalho trinta minutos depois da hora marcada. Que frustração! Mas não tinha tempo para desânimo. Aliás, tempo era o que mais faltava. Subindo no elevador, ao me perguntarem em qual andar eu iria, uma luz iluminou minha mente e veio a desculpa de que eu precisava. Já entrei cabisbaixo na sala do meu chefe, dizendo:

– Peço desculpas, sei que estou trinta minutos atrasado, mas não tive culpa. No afã de chegar logo para a reunião, peguei o primeiro elevador que vi. Mas, para meu azar, ele estava vazio, pois ainda é cedo e não tem quase ninguém no prédio. Então, só consegui apertar até o 5º andar, pois não alcançava o 25º andar. Estou há trinta minutos andando de elevador para ver se alguém entra e aperta o andar certo para mim.

Meu chefe ficou comovido, assim como os demais que estavam na reunião, e o "esporro" ficou esquecido. Porém, depois desse "fato", o painel dos elevadores foi abaixado e agora eu não posso mais usar essa desculpa. Tenho que chegar na hora. Tá vendo? Nem sempre ter muita acessibilidade é bom.

CUIDADO AO CUMPRIMENTAR UM ANÃO

Lembro-me como se fosse hoje. Como tinha menos de duas semanas que estava no novo emprego, nem todas as minhas adaptações já tinham sido providenciadas. O que é plenamente compreensível, pois não é possível prever quais seriam as minhas necessidades. Sem problemas.

Quando completou duas semanas, chegou uma escadinha de três degraus (aquelas de abrir e fechar) e colocaram no banheiro. Foi quando um amigo, muito curioso, resolveu perguntar:

– Leo, para que você quer uma escadinha no banheiro?

– Muito simples! Para alcançar a pia e poder lavar as mãos.

– Quer dizer então que eu passei essas duas semanas apertando a sua mão sem saber que você não as lavava? Eca, seu porco!

Então, fica a dica: quando encontrar um anão na rua, lembre-se de que a probabilidade de ele ter vindo de um banheiro sem adaptações é muito grande. E, com isso, não ter conseguido lavar as mãos é quase uma certeza. Porém, considerando que a grande maioria dos homens também não lava as mãos quando vai ao banheiro, no fundo a situação não muda muito. Mas se você tem nojinho, é melhor não cumprimentar um anão.

MUDANÇA DE EMPREGO

Todo mundo, ao trocar de emprego, obrigatoriamente passa pelo ritual de apresentação e adaptação ao novo ambiente de trabalho. No meu caso, esse ritual costuma se prolongar um pouco mais devido à curiosidade das pessoas e à lista de adaptações que tenho que apresentar. Certa vez, como tinha passado para um emprego público, resolvi visitar antes o meu futuro local de trabalho, na expectativa de diminuir o tempo de ambientação e adaptação. Fui muito bem recebido por todos, que me trataram de forma natural, como devia ser. Até que, para descontrair e tentar me enturmar, perguntei se eles jogavam bola, para marcarmos uma peladinha.

Nesse momento, um ar de dúvida brotou junto com o silêncio. Certamente estava pairando em suas mentes uma grande dúvida: "Ele está de sacanagem conosco ou está falando sério? Imagine só eu dando um carrinho nele. Vai ser uma pelada do Tabajara Futebol Clube? Pense nele jogando bola, deve parecer o Stuart Little 2".

Até que o silêncio foi quebrado por uma discreta risada. Percebi então que minha sugestão não foi levada tão a sério.

– Tudo bem, pessoal. Eu estou um pouco fora de forma, mas ainda jogo alguma coisa. Não é sacanagem não. Veja o Romário, quase do meu tamanho e foi eleito o melhor do mundo. Então, vamos marcar ou não?

Até hoje estou esperando por essa pelada.

AH, NÃO! ERA VOCÊ?

Quem nunca ouviu histórias mal-assombradas, sobretudo se o local onde você trabalha é bem antigo? O prédio em que trabalho é uma dessas construções históricas do centro do Rio de Janeiro, e histórias de assombrações é que não faltam.

Reza a lenda da "rádio corredor" que aquele prédio antigamente tinha sido do IML e que no décimo terceiro andar, onde trabalho, ficava o necrotério. Mesmo com autenticidade duvidosa, essa informação já é mais do que suficiente para colocar caraminholas na cabeça das pessoas. Tudo bem que eu imaginava que as mulheres é que se impressionariam mais com essas histórias fantasiosas.

Um dia precisei ficar trabalhando até mais tarde para concluir um serviço urgente, o que não é de costume acontecer. Ao finalizar o trabalho, fui até a outra sala avisar que eu era o último a sair, para que alguém pudesse vir me ajudar a desligar as luzes e o ar-condicionado, bem como trancar a porta da sala.

O problema é que as salas tinham baias altas, que não permitiam que as pessoas me vissem, embora nunca tivesse percebido esse detalhe. Ao abrir a porta da sala, instalou-se um silêncio e uma tensão fora do comum, que só fui perceber ao chegar perto do colega de trabalho (achei melhor preservar o nome da pessoa). Ele deu um pulo da cadeira seguido de um grito histérico (é nessas horas que você conhece melhor a pessoa, quando ela se entrega).

– Ai, Leo, era você?!

Recuperando o fôlego:

– Que susto, menino! Não faz mais isso. Eu morro de medo de assombração.

– Calma, sou eu. Você pensou que fosse quem? O Gasparzinho?

Confesso a vocês que não fiz por mal, com a intenção de assustar ninguém. A partir desse momento, para evitar que mais algum colega saia do armário ou mate alguém de susto, passei a fazer barulho já no corredor, para avisar que estou chegando.

EXAME ADMISSIONAL

Eu sou funcionário público, e como fui aprovado no concurso na vaga de deficiente físico, tive que fazer uma perícia para provar que sou deficiente. Essa perícia serve tanto para comprovar a deficiência do candidato como para verificar se ele está apto a realizar as funções que o cargo exige.

Ao chegar, preenchi uma ficha com algumas perguntas relacionadas à minha saúde: saber se eu fazia uso de alguma medicação, se tinha alguma doença crônica, problemas cardíacos, respiratórios, diabete, enfim, uma boa anamnese. Em seguida, fui encaminhado a uma sala onde estavam os outros candidatos que também tinham concorrido à vaga de deficiente, mas não necessariamente ao mesmo posto a que eu estava concorrendo.

Como o tempo de espera era relativamente longo, passei a reparar discretamente quais eram as deficiências dos outros candidatos. Foi quando comecei a ficar com medo. Tinha tudo quanto é tipo de deficiência física. Tinha gente sem pé, sem perna, sem olho, sem braço... Bateu um desespero enorme e só conseguia pensar: "Já era! Eu sou apenas um anão. Se for competição para saber quem tem mais problemas, eu vou perder. Não tenho nada de mais. Aliás, se eu tiver alguma coisa, é de menos. Eu tenho que fazer algo".

Eu queria muito aquele emprego, e precisava dele. Tinha que pensar numa estratégia para garantir a minha vaga. Fui ficando cada vez mais nervoso, até que me chamaram:

– Senhor Leonardo Reis!

Não pensei duas vezes, já respondi gaguejando e fui até a sala de consulta mancando e arrastando a perna para dar uma valorizada. Ao entrar na sala da médica, ela me ajudou a sentar na cadeira, e a primeira pergunta que me fez foi:

– Leonardo, você já nasceu assim?

– Não, não. Até semana passada eu tinha um metro e oitenta. Mas peguei uma chuva, doutora, *caraca*, que eu até encolhi – respondi.

Eu juro que até hoje tenho curiosidade de saber onde aquela médica da perícia se formou. Tudo bem que para uma criança de até cinco anos de idade eu ainda explique por que sou baixinho contando a historinha da Branca de Neve e falando que sou um daqueles anões. Mas, para uma médica? Porém, pela cara que ela fez, percebi que não dei uma resposta muito apropriada. Graças a Deus veio um *insight*, e consegui contornar a situação:

– Desculpa a brincadeira, doutora. Na verdade, eu não nasci assim. Fiz várias cirurgias corretivas, nos pés e joelhos, que melhoraram bastante a minha parte motora. Mas eu já nasci anão, claro, né?

ELEVADOR LOTADO

Quem nunca chegou atrasado no trabalho? Eu também. Não foi porque a carruagem do mundo encantado furou o pneu, mas sim porque o trânsito nas grandes cidades está cada vez mais caótico. Nesse dia, corri para pegar o elevador, mas, quando ia entrar, percebi que ele estava lotado de homens. Obviamente percebi que meu esforço tinha sido em vão, porque jamais entraria naquele elevador.

Não é que eu seja claustrofóbico, mas lugares muito cheios não são confortáveis para pessoas de estatura normal, muito menos para anões. Porque ele fica imprensado entre pernas e bolsas, sem visão do que está acontecendo, além de poder ficar completamente sem ar. Mas, para meu azar, meu chefe estava dentro desse elevador. Ao me ver, ele não pensou duas vezes e falou:

– Anda logo, Leo! Entra porque você já está atrasado.

– Mas, chefe, não é muito bom entrar num elevador tão lotado. É melhor eu esperar pelo próximo elevador – tentei argumentar.

– Que esperar o próximo elevador! Deixa de frescura e entra logo – ele insistiu, segurando a porta para que eu entrasse.

Enfim, não tive como escapar. Naquele momento eu tinha três segundos para tomar a decisão mais escrota de toda a minha vida: cheirar cu ou cheirar pau? Subi até o 13º andar cheirando um cu. Nunca rezei tanto na minha vida:

– Papai do Céu, que ele não solte um pum agora!

Achei muito estranho que o homem do qual eu estava próximo tivesse as nádegas tão perfumadas. Na minha concepção, perfumar um bumbum com talco não é atitude de um homem heterossexual, mas, tudo bem: cada um perfuma a parte que acha mais importante.

QUER TRABALHAR NO CIRCO?

Além de ser funcionário público, também sou ator e humorista. Faço teatro amador desde criança, num grupo de teatro da igreja chamado MEJ. Conforme fui envelhecendo, porque falar que fui crescendo é ironia, nunca deixei de lado esse grande e também prazeroso hobby, que desenvolvi em paralelo com meus estudos e a profissão de analista de sistemas. Essa grande "brincadeira" se tornou cada vez mais séria, até se transformar na minha segunda profissão.

Para exercer profissional e legalmente a profissão de ator, é necessário que se consiga no Ministério do Trabalho e no sindicato dos artistas um registro profissional (DRT). Esse registro reconhece que a pessoa está apta e de fato já exerce a profissão de ator.

Quando fui ao sindicato solicitar a entrada na análise dos materiais que comprovavam o exercício da atividade de ator, a fim de conseguir a declaração para o pedido do registro de ator, passei por uma situação inusitada.

Ao chegar, deparei com um homem alto, de aparência senil, que logo se aproximou de mim cheio de intimidade e entusiasmo:

– Quanto tempo, pingo d'água!

Achei muito estranho tanta intimidade daquele senhor, pois tinha certeza de que jamais o tinha visto. Como não sabia de quem se tratava, apenas sorri cordialmente, pois vai que ele fosse uma das pessoas da comissão que avaliaria meu material para a liberação do registro. Levei na esportiva a brincadeira "original" de chamar um anão de "pingo d'água". Mas o tal senhor continuou:

– Ah, quanto tempo, rapaz! Fazendo muitos shows?

Uma pergunta um pouco genérica demais para alguém que está num sindicato dos artistas. É a mesma coisa que chegar num sindicato de engenharia civil e perguntar para qualquer pessoa: "Calculando muito?"; ou chegar num bordel e perguntar para qualquer "moça" lá de dentro: "Tem feito muito sexo ultimamente?". Mas logo me veio uma inspiração e perguntei:

– Show onde?

– É, show com o circo. Está viajando muito, né? Essa vida circense não é moleza.

– Desculpe, mas eu sou humorista, não trabalho em circos (embora não tenha nada contra quem trabalha). Eu não sou palhaço de circo.

– Não precisa disfarçar. É impossível ter dois anões tão parecidos. É você, sim, que trabalhou na minha companhia de circo. Você é o palhaço Pingo d'Água.

– Desculpe eu frustrar suas expectativas, mas não sou eu.

O senhor ainda ficou olhando para mim por alguns instantes, com olhar desolado, sem querer acreditar que eu não era o tal amigo dele. Antes de ele entrar numa sala, para nunca mais vê-lo, pude ouvir seu pensamento em voz alta: "Pena que ele não seja de circo. A nova companhia que estou montando tem uma proposta tão boa de salário... Ele ia ganhar no mínimo 20 mil mensais".

– Ei! Ô! Eu não sou de circo, mas nada que alguns treinamentos não resolvam.

É, já era... Nunca me arrependi tanto de não ser de circo.

IDEIA PARA MARKETING

Quando ainda era estagiário e estava terminando a faculdade de informática, eu e um amigo vislumbrávamos a possibilidade de nos lançarmos no mercado. Afinal, nós dois não tínhamos emprego garantido, éramos estagiários e a faculdade estava chegando ao fim. O que íamos fazer com o canudo? Já sei o que você vai responder:

– Você poderia fazer malabares no semáforo com ele. Quase não tem anão fazendo isso nos semáforos. Olha o diferencial... Ia ser um sucesso, hein?

Ou:

– Você poderia usá-lo como banquinho, é da altura ideal para você. Ia para a praça e ficava sentadinho nele pedindo esmolas.

Sendo assim, começamos a planejar como nos lançaríamos no mercado feroz da informática. Claro que, pela nossa formação, sabíamos que tínhamos que montar uma consultoria de informática. Mas como se destacar nesse mercado tão disputado e com pessoas tão competentes? Tínhamos que ter uma propaganda agressiva, diferenciada, moderna e divertida para atrair a atenção dos futuros clientes.

Depois de muitas ideias frustradas, um dia meu amigo ficou paralisado, olhando fixamente para um lugar, com a fisionomia de quem tinha descoberto o mapa do tesouro perdido de algum pirata.

– Cara, taí... Tive uma ideia fantástica. Revolucionária. Que vai entrar para a história da publicidade brasileira.

– Nossa! Então fala, João Moacyr Medeiros!

– MicroConsulting, a única consultoria que vende a verdadeira solução de microinformática. Nossos computadores já vêm com o técnico dentro! – disse ele, e depois completou:

– Nossa foto publicitária seria você saindo de dentro de uma caixa, simulando uma CPU. O que achou?

– Se ao lado tiver a foto da sua mãe de fio dental, seria sucesso total!

Claro que com um amigo tão genial ao meu lado, nosso negócio não foi para a frente, e cada um acabou tomando seu rumo profissional, embora a amizade, apesar de tudo, tenha continuado.

RISCOS DE SER ANÃO ARTISTA

Quem é que nunca sonhou em ser artista? Muita gente já teve esse sonho, essa vontade de brilhar na TV, no teatro e no cinema. De andar na rua e ser reconhecido. Tirar fotos e dar autógrafos. Um sonho cada vez mais comum nos dias de hoje. Eu também tenho esse sonho.

Um dia desses, um amigo me perguntou:

– Vem cá, por que você sonha em ser ator? É por causa de dinheiro, mulher, traveco?

– Traveco, não! Nada contra, mas eu tenho você como amigo, já basta. Na verdade, eu sonho em ser famoso porque para toda pessoa que é muito, mas muito famosa, criam logo um boneco. O meu boneco seria de tamanho natural.

– Claro que não! – interrompeu meu amigo. – O boneco tem que manter a proporção da pessoa que ele representa. No seu caso, seu boneco seria um "lego".

– Muito engraçado! Mas é isso, eu sempre tive esse sonho de ter um boneco meu. Vou confessar uma coisa: eu sempre tive muita tara por bonecas. Porque as bonecas são do meu tamanho, então sempre fui apaixonado por elas. Tanto que eu perdi a minha virgindade com uma boneca.

Esse sonho de ser famoso nunca saiu da minha cabeça. Apesar dos estudos e de exercer outras profissões, nunca deixei de lado a parte artística. Até que, em um final de semana, recebi o telefonema de um amigo perguntando se eu topava fazer um teste para participar da gravação do piloto de um seriado que talvez fosse passar no Multishow. O produtor não estava encontrando um anão com experiência em teatro no Rio e precisava urgentemente de um para fazer o teste já no dia seguinte.

Não pude me conter de tanta alegria. Finalmente uma oportunidade real estava batendo à minha porta. Quer dizer, no meu celular. Ah, não importa! O mais importante é que agora eu tinha uma chance real de mostrar o meu trabalho para várias pessoas.

No dia marcado, estava pontualmente na sala da produtora para fazer o teste de leitura. Ao entrar na sala de espera, eis a minha surpresa: havia CINCO anões!

– Como pode ser? Cinco anões! Até ontem ele não conhecia nenhum anão. Eu raramente vejo um anão na rua. Não é possível! Tem gente aqui que cortou as pernas para tentar conseguir a vaga. Só pode ser!

Enfim, não adiantava mais ficar chorando. O jeito era tentar fazer o melhor possível para conseguir o papel. Para descontrair, comecei a puxar assunto com um, depois com outro. Fui sondando a "concorrência". Até que eu tive uma revelação bombástica. Descobri que o produtor tinha um site que se chamava Anões em Chamas.

Entrei em desespero, não sabia mais o que fazer. Será que eu tinha entrado numa furada? Será que a produtora era só uma fachada para atrair baixinhos indefesos para um *serial killer* de anões? Fugia enquanto era tempo? E se fosse só coisa da minha imaginação? Ia perder a chance com que sempre sonhei? Resolvi esperar.

De dentro da sala saiu uma voz que chamava pelo meu nome. Tomei coragem e entrei. Na verdade, coragem mesmo eu não tinha, não. Entrei na sala tremendo todo! Mas com uma certeza: "Se tentarem me queimar, eu me mato antes". Porque eu posso até morrer, mas não vou queimar a rosca. Jamais!

Fiz o teste e aparentemente estavam gostando da minha atuação. Para minha surpresa, depois do teste o produtor me disse que tinha gostado da minha atuação, mas que para aquele personagem ele tinha outro anão que se encaixava melhor no perfil. Porém, eu não precisava ficar chateado, porque tinha outro personagem para mim.

Como assim? Outro personagem para mim? Que seriado mais maluco de super-heróis seria esse, que teria vários anões? Agradeci, saí correndo para a sala de espera e gritei para os outros anões:

– Relaxa, galera! Tem papel pra todo mundo. Vão fazer uma versão da *Fábrica de Chocolate* para seriado.

PROFISSÕES INGRATAS

Tirando as brincadeiras de profissões inventadas só para sacanear os anões, como, por exemplo, adestrador de pulgas e outras, existem algumas profissões que realmente seriam um pouco complicadas para anões. Segue abaixo uma pequena listagem:

DIARISTA/FAXINEIRA

Imagine uma pessoa anã fazendo faxina na casa de alguém. Limpando pia, fogão, janelas... Tudo bem, nada que uma escada maior, uma escada Magirus, não resolva. Mas certamente ela iria demorar muito mais. Porque para qualquer coisa que ficasse acima de 1,30 m ela teria que ter a ajuda de uma cadeira ou uma escadinha. Sem contar alguns riscos de vida:

a) Morte por altura: se uma pessoa alta cai de uma escada quando está limpando um lustre, ela até pode morrer, mas a maior probabilidade é que ela apenas quebre alguma coisa ou nem se machuque tanto. Já uma pessoa anã, se cai dessa mesma altura, não tem escapatória, é morte na certa! A não ser que ela limpe o lustre com paraquedas.

b) Morte por afogamento: para limpar uma latrina é necessário se debruçar para conseguir esfregar por dentro. Um anão, além de se debruçar, terá que se equilibrar para limpar. O problema é que, se ele perder o equilíbrio, cairá emborcado com a cara lá dentro e não vai conseguir mais sair. E o pior: como estará com a cara na água, não conseguirá pedir ajuda e vai acabar morrendo afogado.

c) Morte por asfixia: outra tarefa muito arriscada seria a limpeza do forno do fogão. Como o braço do anão é curtinho, para conseguir limpar bem o forno ele tem que praticamente entrar nele e ao mesmo tempo segurar com a perna a porta do forno para que ela não feche. Porém, qualquer deslize ou distração, a porta escapa e fecha com ele lá dentro. Essa é uma situação em que ainda tem certa esperança de alguém perceber a falta dele e tirá-lo de dentro do forno antes que seu ar acabe. O pior mesmo é se o fogão for elétrico, de acendimento automático, e o dono da casa for muito distraído: pode acabar fazendo um anão assado.

POLICIAL

Tudo começa pela dificuldade de carregar uma arma. Imagine um anão carregando um fuzil. Quer dizer, um fuzil carregando um anão. Impossível! Sendo assim, um policial anão só poderia usar uma minipistola automática, a única arma que ele poderia colocar na cintura sem que ela arrastasse no chão. Logo, ele sempre estaria em desvantagem, pois uma minipistola não é nada comparada com as armas de fogo que são usadas hoje em dia pelos assaltantes.

Outra coisa complicada seria ele sair correndo atrás do bandido. Quando ele iria conseguir alcançá-lo numa corrida? Nunca! A solução seria o policial gritar:

– Em nome da lei, você está proibido de correr, pode no máximo andar acelerado. Senão... Eu ficarei de mal com você!

Você pode pensar que o anão pode trabalhar como policial federal, nos aeroportos, na parte de fiscalização dos voos. O que também seria bastante complicado. Imagina uma pessoa passar pelo detector de metais e ele apitar. Como eu passaria o aparelho de *scanner* na pessoa para verificar se ela está com algum objeto perigoso? Só conseguiria verificar da cintura para baixo. Ou seja, se ela estivesse com uma arma escondida num chapéu, eu deixaria passar.

GARI

Começa pela dificuldade de o anão segurar aquela vassoura enorme. Ela é basicamente o dobro do seu tamanho, sem contar o tamanho de sua base. Outro fator complicador seria pegar os latões de lixo, que são maiores do que ele, para esvaziá-los no caminhão de lixo. Além de não conseguir pegar o latão por cima, ele não consegue enxergar se tem algo em cima dele, o que pode acarretar sérios acidentes. Imagine se tivesse uma televisão sobre o latão. Ao tentar empurrá-lo, a TV acabaria caindo na sua cabeça, transformando-o num autêntico garoto-propaganda. Isso sem contar a dificuldade que ele teria de correr até o caminhão de lixo, subir nele e se segurar em pé na parte de trás.

COVEIRO
Por razões óbvias, essa é uma profissão quase impossível para um anão. O problema já começa na hora de fechar o caixão do defunto. Ele não alcança o patamar onde o caixão fica depositado na sala do velório. Então, ele teria que subir em cima da mesa para fechar a tampa do caixão, que é enorme para ele.

Depois, quando for a hora de empurrar o caixão no carrinho até o local do sepultamento, ele terá que ter um guia orientando-o, porque certamente não conseguirá enxergar nada à sua frente. O que vai ter de gente sendo atropelada pelo defunto...

Por último, o maior risco desta profissão: o momento do sepultamento. O perigo já começa na profundidade da cova, do tamanho de uma cratera de vulcão para o anão. Mais uma vez ele corre o risco de morrer na queda. A descida na cova, devagar e amarrado, para auxiliar na colocação do caixão, é o momento de maior perigo. Porque, se esquecem que o coveiro anão está lá embaixo, vão começar a jogar terra, e ele vai acabar sendo enterrado junto com o defunto. Nesse caso, basta uma pá de terra para encobrir totalmente o anão e ele nunca mais ser visto por ninguém.

PROFISSÕES FEITAS PARA ANÃO

Assim como existem profissões que são complicadas para anões, também existem aquelas que parece que foram feitas exclusivamente para eles, que todo anão já nasceu com aptidão para elas.

ARTISTA
Na minha cabeça, todo anão nasceu para ser artista. Já perceberam que, quando um anão anda pela rua, todo mundo quer falar com ele, comenta com a pessoa do lado, às vezes até aponta? Todos querem saber da sua vida, onde ele mora, o que ele come, quem ele come, o tamanho do seu bilau...

Volta e meia estou andando pela rua e de repente ouço um grito e vejo alguém me apontando:

– Ih, olha lá um anão!

Aí, eu tenho que parar, virar para a pessoa e acenar com aquele sorriso no rosto. Senão, a pessoa diz:

– Que anão antipático! Quem ele pensa que é?!

Além disso, há vários papeis que só um anão pode interpretar: Dunga, Zangado, Atchim, Dengoso, Feliz, Mestre, Soneca, Yoda, R2D2, Smurfs, Oompa Lompa, Sininho, Mestre dos Magos, Stuart Little e As Tartarugas Ninjas, entre outros.

ESPIÃO/DETETIVE

Não existe profissão mais perfeita para um anão que espião infiltrado. Imagine, numa guerra, usar um anão para invadir o território inimigo. Ele entrará e sairá das terras inimigas sem que ninguém o veja. E ainda pode roubar objetos e munições sem ser notado.

E detetive? Um anão é perfeito para ser um investigador. Porque, além de poder seguir a pessoa, esconder-se em pequenos espaços para obter informações ou tirar fotos sem ser notado, tem um grande trunfo a seu favor: se for pego por alguém, pode ficar paradinho e passar por estátua de anão de jardim.

O ANÃO E AS VIAGENS

Não há momento melhor na vida que aquelas férias esperadas e planejadas com tanta antecedência. Tudo pronto para termos apenas momentos de alegria, diversão e relax. Nada de estresse ou preocupações. Porém sabemos que nem sempre as coisas acontecem como planejamos, e momentos inusitados surgem quando menos esperamos. Na maioria das vezes, não chegam a estragar a viagem, mas deixam recordações para o resto da vida. Obviamente, com anões esses momentos inusitados são mais propícios a acontecer. Curtam agora alguns acontecimentos que podem acontecer em viagens com anões.

VIAGEM AOS ESTADOS UNIDOS

Resolvi passar o *Réveillon* nos Estados Unidos, na casa de uma família de amigos que construíram sua vida na terra do tio Sam. Nessa época, a temperatura é muito baixa, ficando a maior parte do tempo negativa, com neve. Sabendo disso, e como não poderia comprar roupas lá porque eu teria que mandar fazer bainha e consertar para mim, levei algumas roupas térmicas, luvas e casacos do Brasil.

Não sei se é de conhecimento de todos, mas o frio intenso é muito perigoso para um anão. Porque se o frio fizer com ele o que faz com o pinto dele, o anão vai desaparecer. Lembro que nessa viagem eu tinha que prever o momento em que eu achava que iria ao banheiro, pois perdia uns vinte minutos nessa ocasião. Primeiro, tirando todas as roupas que estava usando por causa do frio. Depois, tentando achar o pinto, que com o frio tinha se escondido que nem cabeça de tartaruga.

Além da questão do frio, os Estados Unidos são um país bem diferente do Brasil. A começar pela cultura: todas as crianças têm iPod, iPhone, iPad, e a visita a museus é um hábito e faz parte do planejamento escolar. Sem contar a discrição ao verem uma pessoa diferente. Enquanto no Brasil as crianças, quando veem um anão, gritam, pulam, riem alto e apontam, lá elas só olham discretamente e no máximo esboçam um leve sorriso de canto de boca. Como na capital há vários museus interessantes, resolvi visitar alguns.

Recomendo que todo anão visite o Museu da História Natural da Humanidade, pois irá mudar a sua vida para sempre, fazendo-o entender várias coisas do universo dos anões e desvendar seus mistérios. Nesse museu estão as réplicas, em tamanho real, dos seres humanos mais primitivos até o ser humano atual. O intuito é mostrar a evolução da espécie humana, sobretudo ressaltando o aspecto de que houve um aumento considerável da estatura média da humanidade. No princípio, a humanidade era bem baixa, variando de 1,10 m a 1,50 m de altura.

Ao me aproximar de uma estátua de um dos nossos ancestrais mais antigos, para observar melhor os detalhes, ouvi um grito:

– Olha lá, papai! Ali no canto tem um homem primitivo de verdade. Tá vivo!

(Tinha que ser brasileiro.)

O pai deu uma risada sem graça, pois percebeu que eu também era brasileiro. Então resolveu explicar para o filho que na verdade eu não era um homem primitivo, e, sim, um anão. Um homem pequeno que não cresceu. Essas simples palavras mudaram para sempre a minha vida, o que me fez ser grato até hoje a esse garoto mal-educado. Foi a revelação mais importante da minha vida, que me ajudou a compreender vários mistérios do universo do anão. Nesse instante uma lágrima rolou de emoção e comecei a falar baixinho comigo mesmo:

– Um dia eu serei grande... Terei 1,80 m de altura... É tudo uma questão de evolução, de esperar alguns milhões de anos a mais para crescer. Taí a razão de ninguém nunca ter visto um enterro de anão. Porque na verdade ele não morre, a história da evolução da espécie humana comprova isso. Anões, ergam a cabeça! Existe uma luz no fim do túnel! Todo mundo já foi anão um dia, mas com o passar de muito tempo cresceu, comprovando que anão não morre: evolui e vira jogador de basquete.

TECNOLOGIA PRECONCEITUOSA

Quem já viajou pelo mundo sabe que a tecnologia varia muito de país para país. Existem países que são altamente tecnológicos, em que por tudo quanto é canto você depara com tecnologias avançadíssimas: telões nos arranha-céus com qualidade perfeita, diversos sensores e aparatos tecnológicos que auxiliam na segurança do indivíduo. Em outros lugares as pessoas ainda vivem quase que à luz de velas, com pouca tecnologia e carros antigos. Muitos nem carro possuem, usam animais como meio de transporte.

Numa viagem, descobri que existem alguns países desenvolvidos onde todos os automóveis são obrigados a ter sensores de obstáculos. Ou seja, apareceu um obstáculo à frente do carro, ele automaticamente para. Excelente! Isso ajuda a prevenir atropelamentos, uma vez que, se uma pessoa passar na frente do carro, ele irá parar imediatamente.

Só tem um pequeno detalhe: esse sensor só detecta obstáculos acima de 1,40 m. Quer dizer, anão lá que se dane! Que sensor mais preconceituoso! Será que eles acham que anões conseguem passar por baixo do carro numa boa, é só se abaixar? Será que eles utilizam anões como lombadas na rua? Será que esse sensor foi desenvolvido pelos nossos amigos portugueses? Raciocine: uma pessoa com mais de 1,40 m de altura não precisa de um sensor para ser detectada, o motorista já está vendo. Os baixinhos, não, ninguém vê.

Mas tudo nesta vida tem uma solução. Se a tecnologia não é tão perfeita assim, nós brasileiros temos nossas saídas. Se, por acaso, você for a algum dos países que usam essa tecnologia de sensor veicular, leve consigo uma bengala dobrável utilizadas por deficientes visuais (só para ser mais fácil de transportar). Quando você estiver andando pela rua, estique a bengala e comece a balançá-la o mais alto que conseguir. Assim, o sensor detectará sua presença, além de você poder usar a bengala para se defender, caso algum doido queira raptá-lo para fazer lombada.

ESSE ANÃO, SEI NÃO...

Reza a lenda que um anão saiu de férias com um grupo de amigos que não eram anões, para descansar numa dessas cidades históricas do interior de Minas. Cidade tranquila, ideal para uma pequena temporada de relaxamento e diversão, além de ser um ótimo lugar para respirar a história do seu país. A programação é a clássica nesses lugares: acordar mais ou menos cedo, visitar os lugares históricos sem pressa, com direito a paradas para tomar um chopinho e fazer as compras de lembrancinhas com as esposas.

A arquitetura das casas, hotéis e pousadas desses lugares costuma conservar as características de quando foram construídos, com portas, janelas e pés-direitos altos, o que dificulta a realização de adaptações. Mas, anão que é anão se vira mesmo, meu irmão. Isso não foi fator impeditivo para a ida desse anão com o grupo. Nada que algumas cadeiras no banheiro e no quarto não resolvessem, permitindo o acesso aos interruptores e registros.

Depois de um dia de caminhadas, banho de piscina térmica e jogatinas noturnas, os amigos perceberam que o anão estava o tempo todo olhando fixamente para os tacos de sinuca. Seu olhar era tão diferente que chegou a chamar a atenção dos amigos. Mas eles deixaram para lá.

Na hora em que todos foram dormir, um comportamento inusitado do anão chamou mais ainda a atenção dos seus amigos e começou a gerar certa desconfiança. Ele saiu da sala de jogos carregando um dos tacos de sinuca. E, diga-se de passagem, o maior dos tacos. E foi para a recepção.

Obviamente, todos os amigos arrumaram alguma desculpa e também foram à recepção. Chegando lá, o papo do anão para a recepcionista aumentou mais ainda a suspeita: será que ele é? Sei não...

– Eu poderia dormir essas noites com esse taco no meu quarto? – disse o anão.

– Mas, senhor, não temos permissão de deixar levar materiais da sala de jogos para os quartos – falou a recepcionista com uma risada de canto de boca.

– Por favor, senhora, eu preciso muito. Eu abri a mala e vi que esqueci o meu em casa, e será muito ruim para mim passar a noite sem este taco.

– Mas, senhor...

– É só durante a noite, ninguém vai jogar mais. O salão de jogos está fechado. Deixa, vai...

– Tudo bem, senhor, pode levar o taco para o seu quarto.

A alegria do anãozinho foi tamanha que os que estavam à sua volta não puderam conter o riso. Nessa altura, todos já tinham certeza de que ele era meio chegado num taco, mas ficaram imaginando o que ele faria com um taco tão grande. Que "anã" gulosa!

Na manhã seguinte, todos os amigos já estavam reunidos na mesma mesa do café da manhã, conversando alto e discutindo calorosamente algum assunto que parecia interessantíssimo. Na verdade, eles estavam fazendo um bolão sobre como e para quê o anão tinha usado o taco à noite, no seu quarto. Provavelmente vocês já devem imaginar as várias coisas que saíram como sugestão de uso. Falaram coisas que eram impróprias até para o livro da Bruna Surfistinha.

Ao se aproximar da mesa, um amigo logo perguntou ao anão:

– Para que e como você utilizou o taco ontem à noite?

– Ué, usei para me ajudar a acender e apagar as luzes de uma forma mais fácil do que ficar subindo, descendo e arrastando cadeiras para lá e para cá. Imagine à noite, tudo escuro: é um perigo eu subir numa cadeira para acender a luz. Por quê?

– Não, nada não. Foi só uma curiosidade do pessoal.

SUFOCO NO HOTEL

Uma das dificuldades de um anão quando viaja é conseguir se virar sozinho no quarto do hotel, sem precisar ficar fazendo malabarismos nem exercícios para a realização de tarefas triviais, como abrir um chuveiro, acender a luz, ligar a TV, escovar os dentes, pentear o cabelo, usar o banheiro, entre outras coisas. Normalmente essas tarefas, quando o quarto não está adaptado, são realizadas com auxílio de cadeiras, cabides e um pouco de truques "MacGyver", o que de fato cansa bastante.

Por essa razão é que os anões costumam pedir quarto adaptado quando viajam. É claro que, quando falamos em quartos adaptados, estamos nos referindo a adaptações para cadeirantes. Como os cadeirantes ficam praticamente na mesma altura que os anões, esses quartos adaptados atendem perfeitamente às suas necessidades. Tudo parece bem simples, mas não é. As complicações começam logo na hora da reserva.

– Olá, gostaria de reservar um quarto, por favor – solicita um anão na recepção de um hotel cinco estrelas.

– Desculpe, senhor, mas não temos quartos adaptados – responde a recepcionista.

– Como assim? É norma que todo hotel cinco estrelas tenha quartos adaptados.

– Desculpe, senhor, mas só temos quartos adaptados para cadeirantes. Para anão, não temos.

– E para anencéfalas, tem?

Relevando a falta de conhecimento e de sutileza da recepcionista, ela no fundo não estava totalmente errada, mesmo sem saber. Primeiramente, porque nem todos os quartos adaptados seguem rigorosamente as normas de adaptação. Já fiquei em quartos adaptados em que a pia ficava na altura normal (em vez de ser mais baixa). Depois, porque algumas adaptações são adequadas para cadeirantes, mas prejudiciais para um anão, como, por exemplo, o assento levantado do vaso sanitário.

Um anão foi viajar e reservou um quarto adaptado. Como tinha chegado ao destino sem muito tempo para fazer passeios naquele dia, apenas fez o *check-in*, deixou as malas no quarto e partiu correndo para o passeio. Mas, antes de sair, verificou que o assento sanitário era bem alto, pois era adaptado para cadeirantes, o que dificultaria bastante que ele o usasse. Então, antes de sair para o passeio, pediu à recepção que tirasse aquele assento.

Durante o passeio, ele resolveu experimentar a culinária local, comendo vários pratos diferentes daqueles aos quais estava acostumado. O resultado esperado foi um revertério estomacal. Como faltava pouco tempo para chegar ao hotel, resolveu esperar. Para sua surpresa, ao chegar ao banheiro descobriu que sua privada estava sem assento nenhum, o que o impossibilitava completamente de usá-lo, pois ele tinha que sentar no vaso para conseguir fazer suas necessidades.

Já suando frio, ligou para a recepção e pediu que alguém instalasse um assento normal ou recolocasse o assento antigo, porque ele estava precisando usar o banheiro e, sem o tampo, seria impossível.

O anão tentou de todas as formas se controlar para não sujar as calças, mas a demora do funcionário foi tanta que ele não conseguiu se segurar. Isso o fez pensar que nem sempre um quarto adaptado é a melhor solução. Antes tivesse ido atrás de uma moita...

VEJAM, ELE VAI SE AFOGAR!

Nada melhor para aproveitar um feriadão prolongado no verão carioca do que viajar com os amigos para um lugar de praia. Assim fizemos: eu e um grupo de amigos alugamos uma cobertura na praia para aproveitar um desses feriadões ensolarados na Cidade Maravilhosa. Era uma cobertura dúplex, que tinha vários cômodos e ainda uma churrasqueira esperta. Enfim, um lugar abençoado.

Depois de passarmos o dia inteiro curtindo a praia com muita alegria, comida e bebida, voltamos ao apartamento. Foi quando o grupo decidiu aproveitar aquele fim de tarde relaxando na piscina. Como ainda estava bem quente, todo mundo ficou conversando dentro d'água, inclusive eu.

O problema é que não dava pé para mim, claro, porque estávamos numa piscina e não no lava-pés. Como ficar nadando segurando na borda é muito cansativo, não tinha nada que me ajudasse a flutuar e eu também queria participar da conversa, decidi adotar uma estratégia: o canto da piscina onde o pessoal estava conversando não era tão fundo e, para não me cansar e conseguir participar do papo, resolvi ficar submergindo e emergindo. A conversa estava indo bem, quando ouço um grito:

– Segura o anão! Ele está se afogando!

Nesse momento um amigo me segurou assustado, perguntando se estava me afogando. Achei muito engraçada a situação, mas expliquei para ele, e para a moça que gritou, que não estava me afogando, que aquilo era uma tática para participar da conversa sem me cansar. Tudo entendido, a conversa continuou.

Até que, a certa altura, alguém contou uma piada justamente no momento em que estava mergulhando. Rir embaixo d'água não é uma combinação muito boa. Com isso, comecei a me engasgar, a beber água, aquele desespero. E ninguém estava ligando, pois devem ter achado que era uma estratégia minha para rir debaixo d'água. Tive que me agarrar no primeiro biquíni e puxá-lo, para entenderem que estava precisando de ajuda.

Então, se você é anão e quer ficar curtindo uma piscina que não dá pé, nunca entre sem boia: você pode se afogar.

QUE BICHO ESQUISITO

Um anão resolveu viajar com sua família, em que só ele era baixinho, para um lugar ecológico, de proteção ambiental. Um local onde ainda viviam tribos primitivas que praticamente não tinham contato com a civilização.

A aproximação com as tribos, acompanhada do guia, foi bem tranquila e pacífica para todo mundo, exceto para o anão. Enquanto o guia ia explicando os costumes e o modo como aquelas pessoas viviam, o anão percebeu que os nativos começaram a se aproximar e se aglomeraram ao redor dele. No começo, foi normal. Parecia apenas uma curiosidade natural de quem não está acostumado a ver um anão a toda hora. No entanto, com o passar do tempo o pequeno começou a perceber que os indiozinhos olhavam para ele com um olhar diferente, que ia além da curiosidade. Um olhar meio faminto...

Eles foram se aproximando cada vez mais do anãozinho, começaram a cutucá-lo, a apertar de leve partes do seu corpo, como alguém que estivesse escolhendo uma carne no açougue. Os anões já estão acostumados a ser vistos de maneira diferente, mas assim já era demais. A gota d'água foi quando os nativos acenderam uma fogueira, começaram a esquentar água numa enorme panela de barro e um deles tentou puxá-lo pelo braço em direção à fogueira.

Nesse momento, ele entrou em pânico, saiu correndo e se trancou no primeiro carro que viu. O pessoal, ao ver a correria do anão, foi até o carro para tentar descobrir o que estava acontecendo. Por mais que explicassem para ele que os índios só estavam querendo mostrar-lhe a comida que estavam preparando como forma de boas-vindas, e que ele não era a comida, ele disse que não sairia por nada de dentro daquele carro.

Esse episódio acabou virando manchete de jornal das cidades vizinhas, que trazia a matéria relatando o ocorrido com a manchete: "Bichinho acuado", e embaixo a foto dele dentro do carro, que por coincidência do destino era um carro do IBAMA, dando a entender, à primeira vista, que o IBAMA tinha capturado um novo bichinho, que estava escondido dentro do carro.

SEGURA, QUE O PAPAI NOEL VEM AÍ

Na véspera do Natal, um anão resolveu viajar com toda a sua família, no intuito de passar um Natal diferente daqueles a que estavam acostumados. Todos toparam e foi aquela alegria, aquela festa!

Alugaram uma casa grande numa região serrana, onde cabia todo mundo. Combinaram as comidas e bebidas que levariam, quem faria cada coisa, quais pratos preparariam e quais seriam as sobremesas. Resumindo, a caravana para o Natal estava pronta e completa. Com tudo a que tinham direito. E, como não podia faltar, todos estavam com seus gorrinhos de Papai Noel. E, assim, seguiram viagem.

Tudo estava indo muito bem, até que eles passaram por um agente da Polícia Rodoviária que, ao ver o anão dirigindo um carro com gorrinho de Papai Noel numa véspera de Natal, pediu para ele encostar. Certamente devia estar pensando que era alguma sacanagem ou pegadinha de algum programa de TV.

– Boa tarde, senhor. Os documentos, por favor – solicitou o policial.

– Seu guarda, deixa eu ir logo que estou atrasado para ajudar o Papai Noel – brincou o anão, que estava já em clima de festa.

– Senhor, creio que não seja o momento oportuno para brincadeiras. Os documentos, por favor.

Entregando os documentos, o anão respondeu:

– Olha a má-criação, seu guarda. Assim você vai ficar sem presentinho de Natal. Você não está sendo um bom menino.

O policial olhou com uma cara amarrada para ele. Nesse momento, alguém da família que estava no carro deu um tapa no baixinho e disse ao guarda:

– Moço, desculpa, tá? É que estamos muito felizes porque é a primeira vez que toda a família viaja para passar o Natal em outro lugar. E ele está tão feliz que está perdendo a noção das besteiras que fala.

Depois de verificar a documentação de todos os carros da caravana, o guarda liberou todo mundo. Mas, antes, ao observar que o carro que o anão estava dirigindo era o último, falou:

– Você é ajudante do Papai Noel, né? Disse que estava atrasado, certo?

– Certo, seu guarda.

– Então, corre lá, amigo, que as renas já acabaram de sair. Estão lá na frente.

VANTAGENS E DESVANTAGENS

Como em tudo na vida, existem vantagens e desvantagens também em ser anão, sobretudo quando tratamos de viagens. Quer saber quais? Veja abaixo quais são e boa diversão!

→ **Vantagens**

– Para um anão fazer uma viagem de leito pagando apenas classe econômica, basta ter um pouquinho de sorte. Tanto em ônibus quanto em avião, se ele tiver a sorte de ter uma poltrona vaga ao lado da sua, pode usá-la como cama, sem precisar pagar mais por isso.

– Nos aviões, pode se sentar nos assentos especiais e ser paparicado pelas aeromoças.

– Como os anões são compactos, os assentos nunca ficam apertados para eles.

– Os espaços entre os bancos sempre são suficientes e suas pernas nunca ficam imprensadas.

→ **Desvantagens**

– Perder mais tempo no *check-in* do aeroporto tentando convencer a Polícia Federal que ele não é menor de idade e não precisa viajar com a autorização do Juizado de Menores pendurada no pescoço.

– Nunca poder sentar nos assentos de saída de emergência, que geralmente são mais espaçosos.

– Não poder viajar no banco da frente do carro. Nos Estados Unidos é proibido viajar na frente sem a cadeirinha, porque lá a obrigação não é por idade e, sim, por altura. Ou seja, anão que viajar no banco do carona, só usando a cadeirinha de criança.

ANÃO E ENTRETENIMENTO

Todo mundo adora se divertir, curtir uma praia ou aquela piscininha esperta, de preferência com um bom churrasquinho e uma cerveja bem gelada. Ir a um estádio de futebol torcer pelo seu time de coração junto com os amigos. Assistir a um filme no cinema em boa companhia e depois fazer o tradicional lanchinho. São entretenimentos presentes na vida de qualquer pessoa, mas que na ótica dos anões podem se transformar numa enorme aventura. Confira!

UMA AVENTURA NO ESTÁDIO DE FUTEBOL

Um grupo de amigos resolveu levar um anão para assistir ao jogo do seu time de coração. Porém, essa tarefa, que parece trivial, na verdade não é tão simples assim. Primeiramente é necessário chegar bem mais cedo ao estádio para entrar logo e ser o último a sair, descendo junto com o policiamento. Porque, se o baixinho quiser entrar ou sair do estádio junto com a multidão, ele simplesmente será esmagado e virará pano de chão. Caso ele sobreviva, irá perder o amigo no estádio, pois a multidão vai arrastá-lo que nem um *tsunami*, para bem longe. E em lugares com muita gente, se perder um anão de vista, só usando GPS para reencontrá-lo.

Com a primeira missão cumprida, conseguiram entrar no estádio com o amigo sem perdê-lo nem deixar ninguém pisoteá-lo. Mas existem outros desafios. Chegar ao local da arquibancada. Não sei em que norma ou lógica foi inspirada a ideia de que os degraus em um estádio têm que ser extremamente altos. Cada degrau, para um anão, é uma mureta que ele tem que saltar. Alguns são tão altos que ele tem que usar corda para escalá-los. Para facilitar, poderiam construir um miniteleférico para anões nos estádios. Bastaria ele escolher o degrau em que iria descer, chegando ao assento escolhido sem grandes esforços.

Assistir ao jogo. Uma tarefa praticamente impossível para qualquer baixinho num estádio de futebol. Na verdade, só há duas maneiras de isso acontecer: alguém colocar o baixinho em cima dos ombros ou ele assistir ao jogo de camarote. Ou seja, duas opções muito difíceis, praticamente inviáveis.

Colocar um anão em cima dos ombros é uma tarefa apenas para homens muito fortes. Porque, embora eles sejam baixinhos, pesam pra caramba. São verdadeiras pessoas "zipadas", compactadas. Parece que pegaram uma pessoa de estatura normal, que não era magrinha, colocaram numa máquina e a compactaram. Porque todos os anões são pesados. Eu acho que eles são feitos de ósmio, um dos elementos químicos de maior densidade. Assistir ao jogo de camarote também é algo inviável. Só se o anão tivesse descoberto o pote de ouro no final do arco-íris para, toda vez que fosse ao jogo, pagar um camarote. A solução é levar uma TV portátil para acompanhar o jogo.

Enfim, a última missão de um baixinho num estádio de futebol: ir ao banheiro. As pessoas não percebem, mas o mundo ainda não está adaptado para os anões. Ele não alcança o mictório. Tem que fazer xixi para cima. O complicado é quando ele erra a angulação e acerta o rosto. Você vai dizer:

– Nossa! Como você é exagerado! Em alguns lugares o mictório fica no chão.

Tudo bem, bacana, pensaram no anão. Mas alguém já fez xixi com um pinto bem ao lado do seu rosto? Não é legal, a não ser que ele goste da parada. Porque, se ele gostar mesmo, dá até para rolar um bate-papo, trocar telefone e tudo.

Sabe aquela sensação de que tem uma naja mirando você o tempo todo, com a linguinha pra fora, pronta para dar o bote? É assim que um anão se sente nesses lugares. Porque se o anão se distrair pode sair do banheiro com o olho roxo por causa de uma pintada. Eu confesso a vocês: uma vez fui a um desses banheiros e teve um pinto que chegou a piscar o olho para mim.

Mas o pior dessa situação é quando o cara finaliza o xixi e

sacode. É muito ruim, respinga tudo em cima do anão. Cai xixi no cabelo, no rosto, na blusa, na perna, enfim, no anão todo. Sabe aqueles brinquedos que descem de um lugar alto, caem na água espalhando-a por todos os lados e deixam as pessoas que estão por perto encharcadas? Geralmente é assim que um anão sai desses banheiros, se não for rápido e esperto. Por isso é aconselhável aos anões irem ao banheiro com capa de chuva.

Sendo assim, uma boa solução para um anão assistir ao jogo do seu time de coração é comprar uma TV 3D com mais de 42 polegadas e um *home theater*. Ele terá a sensação de que está dentro do estádio e poderá assistir ao jogo sem precisar vencer os diversos desafios que teria se estivesse no local.

NÃO É A MAMÃE

Quem é que nunca se confundiu, foi falar com alguém na certeza de que era uma pessoa e, quando percebeu o engano, já era tarde demais? Você passou a vergonha de ter confundido o indivíduo, está com a cara no chão e só lhe resta pedir desculpa e sair o mais depressa possível daquela situação. Com os anões, isso é mais fácil de acontecer do que com os outros. Afinal, da cintura para baixo é muito mais fácil confundir as pessoas.

Um dia fui com meus irmãos a um grande parque de diversões temático. Andamos pelo parque todo. Fomos a vários brinquedos. Assistimos a várias atrações. Lanchamos e batemos papo. E, antes de irmos embora, ficou aquele impasse de saber com qual brinquedo iríamos encerrar o dia.

Meu irmão queria andar mais uma vez na montanha-russa, e a minha irmã queria ir na Casa do Terror, aonde ainda não tínhamos ido. Como nenhum dos dois queria abrir mão de suas escolhas, combinamos assim: ele iria na montanha-russa, enquanto eu iria na Casa do Terror com ela, até porque os dois brinquedos ficavam próximos um do outro.

Porque o brinquedo é daqueles em que você tem que fazer o percurso a pé e correr para fugir dos "monstros", combinei o seguinte com a minha irmã:

– Como eu não consigo correr muito rápido, e para não ficar sempre como alvo dos monstros, você fica perto de mim e ajuda me dando as mãos.

Tudo combinado e indo bem até o primeiro monstro ir para

cima dela. Na mesma hora ela soltou as minhas mãos, gritou e correu, me deixando sozinho. No meio daquela escuridão e correria, consegui achá-la novamente e pensei: "Já que ela vai soltar a minha mão no próximo monstro que aparecer, vou enfiar os dedos na parte da calça por onde passa o cinto e não largo mais". Agora não tinha mais como ela escapar. Quando ela corria mais rápido, eu ia praticamente pendurado à sua calça, como um chaveirinho. Foi a minha salvação.

Ao sair da última sala para fora do brinquedo, enquanto recuperava o fôlego ainda de cabeça baixa, percebi que a calça da minha irmã estava quase na metade de sua bunda, de tanto eu puxar. Foi quando vi que chegou um cara, já foi agarrando e lhe dando um beijão. O fôlego voltou na mesma hora, porque fiquei indignado. Quem era esse cara que eu nunca vi na vida, que foi chegando e pegando minha irmã?

– Qual é, cara, se afasta da minha irmã! – disse, levantando a cabeça.

– Qual é digo eu, o que você está fazendo com as mãos nas calças da minha noiva?

Nesse momento, descobri que, no meio da escuridão e da correria, eu acabei confundindo as pessoas e me segurando nas calças de alguém estranho, que não era a minha irmã. Como o noivo dela estava um pouco alterado, ela disse:

– Calma, amor. Deixa ele. Como vi que ele estava muito apavorado lá dentro, deixei que ele segurasse em mim para andar mais rápido. Tadinho dele, amor. Ele é tão fofinho!

Nesse momento a minha irmã apareceu e todo o mal-entendido foi esclarecido. Mas, depois desse episódio, nunca mais andei em brinquedos como aqueles. Vai que eu erro novamente e o marido da pessoa é muito ciumento...

CINEMA

Não há programa mais ideal do que assistir a um filme no cinema com uma gatinha, ainda mais quando você está interessado nela e percebe que ela está dando condição. Tudo perfeito. Basta escolher um filme água com açúcar, de preferência uma boa comédia romântica, um lugar legal para jantar e marcar um horário para pegá-la em casa. Mas, para um anão, essa simples tarefa pode não ser tão simples assim.

Um anãozinho marcou de sair com uma garota em quem estava interessado e viu que ela estava lhe dando aquela condição. Tudo planejado, organizado para um programa a dois perfeito. Na hora marcada, ele estava lá na porta de sua casa esperando por ela, todo arrumado. Carro lavado, cabelo cortado, banho tomado, perfumado e com uma roupa da moda.

Depois de um tempo de espera, que é tradicional quando se trata de mulheres, a menina desceu meio tímida, sem graça, e entrou no carro. Percebendo que ela estava meio envergonhada, ele perguntou:

– O que foi? Está acontecendo alguma coisa?

A garota só apontou para cima, em direção ao seu prédio. Simplesmente toda a sua família estava na varanda do prédio, acenando e sorrindo. O alvoroço era tão grande que dava para ouvir os comentários:

– Que fofinho que ele é!

– Que gracinha!

– Tomara que dê certo!

Foi quando ela se virou e disse ao anão:

– Desculpa, mas quando eu disse que ia sair com você, todo mundo quis conhecê-lo. Eles são muito curiosos...

Ao chegar com o carro no estacionamento do shopping, outra situação complicada: apertar o botão da máquina que controla o acesso ao shopping. Por mais que o anão se aproxime da máquina, por seu braço ser mais curtinho, ela sempre ficará longe dele.

Como estava acompanhado, ele primeiramente tentou de todas as formas alcançar o maldito botão, sem sucesso. Então, elegantemente, tirou o cinto de segurança e ficou em pé em cima do banco do carro para apertar o botão. É uma situação um tanto quanto cômica: um anão, de pé no banco do motorista, virado com o bundão para o lado do carona (no caso, a garota pretendente), tentando alcançar o botão e com a máquina falando sem parar:

– Favor apertar o botão para entrar.

A sensação que se tem é de que a máquina está sacaneando o anão. Como se estivesse falando para ele:

– Você não alcança o botão... Lá, lá, lá!

Para azar do anãozinho, a máquina estava tão distante do seu alcance que, na pressa de sair logo daquela situação um tanto constrangedora, ele se debruçou muito e caiu para fora do carro.

Na mesma hora a garota saiu do carro para ajudá-lo. Se você acha que uma situação está ruim, não reclame, porque ela sempre pode piorar.

Finalmente conseguiram apertar o botão, entrar no shopping, estacionar e chegar à tão esperada sala de cinema para assistir ao filme. Ao sentarem, ele perguntou, meio que no modo automático:

– Gatinha, você quer alguma coisa? Uma pipoquinha?

– Quero sim. Você pega lá para mim, né?

Ahn?! Será que ela não percebeu o tamanho da folga dela? Pedir para um anão ir comprar o lanche deles? Certamente ela nem se tocou que para um anão subir e descer escadas não é nada trivial, ainda mais com um saco enorme de pipoca e dois refrigerantes. Mas ele não pensou duas vezes e encarou o desafio.

Comprar a pipoca e os refrigerantes não foi uma tarefa tão complexa assim. Mas subir os degraus do cinema, no escuro, carregando aquilo tudo, era uma tarefa digna do filme *Missão impossível*. Primeiramente porque qualquer degrau sempre será alto para um anão. Depois, por causa do tamanho das embalagens do *combo*: são enormes, formam uma verdadeira muralha na frente do anão. Quem olha de longe, pensa até que é um truque de cinema 3D ou um *combo* mágico que vem andando sozinho pela sala.

Resultado lógico disso tudo: anão rolando escada abaixo da sala de cinema, com refrigerante e pipocas para tudo quanto é lado. Além de alguns hematomas, a roupa toda suja, ele tinha acabado de pagar mais um grande mico na frente daquela garota que ele pretendia começar a namorar. Como era um anão guerreiro, aquele cara que não desiste fácil dos seus objetivos, ele se levantou (com a ajuda da garota e de algumas pessoas que estavam perto), sacudiu as pipocas, limpou a roupa e foi sentar no seu lugar.

O filme começou, o romantismo foi aumentando. Os dois se deram as mãos, começaram a trocar olhares, a fazer carinho um na mão do outro... Tudo se encaminhando para a mudança de sorte do anão. Até que ele tentou levantar o braço da cadeira, e... Nada! Aquele cinema não tinha poltronas com braços flexíveis.

Foi o golpe final para os planos do anão para aquela noite: ele resolveu desistir e jogar a toalha. Porque nas poltronas que têm o braço fixo ele fica numa altura que impede um anão de fazer qualquer coisa com a pessoa que está ao lado. É praticamente um muro divisor. A única maneira seria ele subir em cima do braço e, se equilibrando, tentar beijar a menina. Como a maré de azar dele estava em alta, o pobre do baixinho desistiu dos seus planos e nem tentou continuar o encontro no jantar. Achou mais prudente marcar outro encontro, em algum dia em que ele tivesse com um pouco mais de sorte e em ambientes mais favoráveis.

SALÁRIO MÍNIMO

Como já dizia o grande poeta Dorival Caymmi: "Quem não gosta de samba, bom sujeito não é / É ruim da cabeça ou doente do pé". Essa é a mais pura verdade, sobretudo para um bom carioca da gema. Afinal de contas, qual carioca de verdade não gosta de samba? Eu também sou, sempre fui apaixonado por samba. Sempre sonhei em desfilar na Marquês de Sapucaí. Um dia esse sonho se realizou.

Tudo começou quando uma amiga jornalista estava fazendo assessoria de imprensa da GRES Renascer de Jacarepaguá. Numa brincadeira por telefone que ela fez comigo, perguntei:

– Poxa, não tem como eu sair num carro na escola de samba?

– Só se for de salário mínimo – ela respondeu brincando.

E não foi que o carnavalesco, que estava por perto, ouviu a brincadeira, gostou e "comprou" a ideia? Criou um espaço no carro do purgatório e um personagem para mim: salário mínimo.

Na época havia uma polêmica sobre aumentar ou não o salário mínimo, o que a fez, como assessora de imprensa, pegar o fato e chamar o jornal *O Dia* para fazer uma matéria. As fotos ficaram tão interessantes que o editor-chefe resolveu colocá-las como matéria de capa. Aí, foi aquele alvoroço...

Depois da publicação, além de fazer mais duas matérias como salário mínimo e dar algumas entrevistas falando da minha indignação pelo valor do salário mínimo nacional, acabei virando uma celebridade. Passaram a me reconhecer nas ruas, comecei a frequentar camarotes e ser estrela da escola. Somente no Rio de Janeiro o salário mínimo pode virar celebridade nesse país. Tirava foto com madrinha de bateria, subia no palco e ia aos eventos da escola, onde tirava fotos e ficava na área VIP.

A fantasia era no estilo das roupas dos imperadores romanos, só que a túnica era toda coberta por notas falsas de R$ 1,00. Tinha a mesma quantidade de notas do salário mínimo da época.

No dia do desfile, ao terminar, fui para o camarote da escola para descansar e curtir o final do desfile. Foi um momento de muita curtição e alegria. O mais engraçado foi quando, no caminho para o camarote, uns moleques começaram a arrancar as notas falsas de R$ 1,00 da minha fantasia, quase me deixando peladão no meio da rua. Por mais que eu gritasse que eram notas falsas, eles não paravam de arrancá-las. Foi um sufoco e tanto.

AVENTURA NO GALINHEIRO

Antigamente as crianças brincavam mais de bola, de pique, na lama, enfim, eram criadas muito mais soltas e menos sedentárias. Sobretudo nas cidades do interior, a distração da criançada era subir em árvores para roubar frutas, brincar com as galinhas, correr atrás dos animais como cachorros e gatos e andar a cavalo, entre outras coisas. Quem sempre morou em apartamento talvez nunca tenha experimentado e tido a oportunidade de ver como é divertido.

Outro fato muito curioso de se observar: embora elas tradicionalmente tenham a fama da candura, da pureza angelical, as brincadeiras delas nem sempre vão nessa linha. Qual criança nunca sacaneou o coleguinha? Qual criança nunca bolou alguma brincadeira só para deixar o amiguinho em situações difíceis para depois morrer de rir de tudo aquilo? Ou aprontou alguma bobagem e jogou a culpa no irmão? Várias situações contradizem um pouco essa inocência enorme que atribuem às crianças.

Numa cidade interiorana, uma família grande morava em uma fazenda onde havia uma pequena plantação – quase que só para subsistência – e bois, vacas, cavalos e um galinheiro. Como toda família grande, onde mora muita gente, tem sempre muita criança também. Dentre essas crianças, havia um anão. E ele, além de ser o queridinho da casa, o mimadinho, o protegido, era um verdadeiro capetinha. Vivia aprontando as maiores confusões, e na hora de ficar de castigo, fazia aquela carinha de anjinho e acabava escapando, o que deixava as outras crianças com mais raiva e inveja. Pois, ao contrário dele, elas não escapavam do castigo. Então, as crianças se juntaram e bolaram um plano para acabar de vez com a marra daquele baixinho.

Chamaram-no para brincar no galinheiro, como era costume fazer, entrar no galinheiro e ficar perturbando a paciência das pobres galinhas. Só que o anãozinho não sabia que o tio deles havia comprado um peru.

Logo que entraram, todo mundo começou a provocar o peru,

até deixá-lo muito enfezado, completamente descontrolado. Quando isso aconteceu, todas as crianças saíram correndo e pularam a cerca do galinheiro, deixando o anãozinho lá dentro. Foi uma cena de dar dó.

O peru corria atrás dele, picando a sua cabeça, seu braço, seu corpo todo. Ele gritando, tentando passar pela grade e não conseguia. E o bicho não parava de persegui-lo, até que o anão caiu no chão. Nisso, o peru se sentou em cima da sua cabeça, como se a estivesse chocando. Foi quando as crianças ficaram preocupadas e entraram novamente no galinheiro para socorrer o anãozinho.

Quando conseguiram resgatá-lo, falaram para ele nunca contar o ocorrido e nunca mais perturbá-los, senão eles o trancariam novamente no galinheiro junto com o peru. Dito e feito: a partir desse dia, o anãozinho se transformou num verdadeiro anjinho. O que um trauma com peru não pode fazer na vida de uma pessoa...

BANQUINHO IDEAL

Final de semana ensolarado, calor de quarenta graus, nada melhor do que curtir uma boa praia com a família e os amigos, para jogar conversa fora e dar aquela espairecida. Todos com roupas de banho, cadeiras e barracas de praia nos porta-malas. Tudo pronto para mais um dia de diversão. Partiram rumo à praia, e um dos participantes dessa viagem era um anãozinho.

Chegando lá, as complicações começaram logo de cara. Porque anão não consegue carregar quase nada, sobretudo a cadeira em que irá sentar. Em compensação, ele é o que mais leva coisas. Resumindo, sobrou para os grandalhões fazerem mais de uma viagem para carregar tudo até o ponto onde o grupo ficaria.

Quando já estava todo mundo no local escolhido, começando a montar as barracas e a arrumar as cadeiras e cangas pela areia, ouviram ao longe uma voz, que lhes pareceu familiar, gritando quase em tom de choro:

– Me ajudem, por favor, me ajudem, meu pé está queimando muito! Socorro! – era o anãozinho gritando.

Todo mundo do grupo saiu em auxílio do pequeno em apuros. Como o anão é mais compacto, seus pés afundam mais na areia que o normal. E o trecho de areia que fica mais próximo da estrada costuma ficar muito quente. Se você não andar depressa, pode até queimar o pé.

Os chinelos, nesses momentos, não servem praticamente para nada. O anão também não consegue correr, porque se no asfalto ele já não corre muito rápido, na areia, então, nem se fala.

Resgatado o pequeno da areia quente e já recuperado do sufoco, o clima de festa e alegria voltou. Todos conversando, comendo, bebendo e rindo muito. Até que o anão resolveu aproveitar um pouco do banho de mar também.

Embora soubesse nadar, ele só entrava no mar junto com sua irmã, que era bem maior. Para um anão, entrar no mar é complicado, uma vez que a parte que dá pé, o lugar mais rasinho, é aonde aquela última marolinha chega completamente carregada de areia. Se ele só ficar nessa parte, não somente sua sunga ficará carregada de areia, como ele próprio se transformará num bife à milanesa. Estavam os dois, o anão e sua irmã, curtindo o mar quando começou uma sequência de ondas relativamente altas. O problema é que ela estava num local onde a água já estava batendo em seu pescoço. Quando vinha a onda, ela, instintivamente e sem perceber, pegava o irmão baixinho que estava segurando à sua frente e o mergulhava, fazendo dele como se fosse um banquinho para pegar impulso e pular a onda.

Sem entender nada, e depois de beber muita água, o coitado do anão conseguiu chegar à superfície e gritar:

– Pare com isso, sua louca! Você está me afogando!

Depois desse acontecimento, o anão só se molhava na praia com baldinho ou levava aquelas piscinas de plástico para ficar se refrescando.

VANTAGENS E DESVANTAGENS

Analisemos agora um pouco as diversas vantagens e desvantagens de ser anão na hora do lazer e da diversão.

→ **Vantagens**

– O anão entra em fila preferencial para comprar ingressos, com direito a um acompanhante. Se for pegar um cineminha num final de semana, prefira ir acompanhado de um anãozinho e você terá muito menos estresse.

– A mesma vantagem em relação ao estacionamento, embora nem sempre as vagas destinadas a deficientes sejam respeitadas. Mas nos lugares em que são, é uma tranquilidade estacionar. Você não precisa ficar perdendo horas catando uma vaga.

– Jogar *paintball.* Embora um anão se locomova bem mais devagar, comparado a uma pessoa alta, ele é um alvo muito mais difícil de ser localizado e de se acertar. Então, quando for jogar *paintball* não esqueça de convidar um anão para fazer parte da sua equipe.

– No zoológico, entra de graça. Porque menor de 1,10 m não paga.

– Escada rolante de shopping no verão é a alegria do anão. Quer pessoa mais privilegiada do que um anão para ver as calcinhas das mulheres de sainha no verão? Reparem só como nessa época do ano os shoppings ficam cheios de anões. Percebam também que, normalmente, os anões estão suando. É justamente porque eles veem tudo. Sabem até qual a tendência da moda naquele ano. Inclusive ficam sabendo quais mulheres são adeptas do "bicho solto".

→ **Desvantagens**

– Não alcançar as máquinas de fliperama. Essa é uma grande desvantagem. Enquanto todo mundo se diverte nas máquinas, o anão só fica torcendo e tentando adivinhar o que está acontecendo.

– Não poder brincar nas atrações mais legais dos parques de diversões. Os melhores brinquedos, aqueles com mais emoção, exigem uma altura mínima que nenhum anão atinge. Ou seja, ele quase fica restrito a só ficar andando de carrossel e a comer algodão-doce, que nem uma criança.

– Ter que usar a cadeirinha de criança no cinema para assistir ao filme. Por menor que seja a pessoa que sentar à sua frente, ela será alta para um anão, a não ser que seja uma criança ou outro anão, e sempre irá ficar tampando a sua visão.

– Nunca poder brincar de tocar a campainha do vizinho e sair correndo. Primeiro, porque ele não alcança. Depois, mesmo se alguém tocasse para ele, a pessoa iria descobrir quem foi porque ele não conseguiria sair correndo a tempo.

ANÃO E TAREFAS DIÁRIAS

Coisas simples do cotidiano das pessoas, como pedir informações do cartão de crédito, almoçar num restaurante *self-service* ou num *fast-food* qualquer e estacionar um carro são tarefas tão triviais que nunca imaginamos que possam ser difíceis de ser realizadas. Por incrível que pareça, elas podem sim, basta ser anão.

O ANÃO INVISÍVEL

Tentar comer alguma coisa em qualquer *fast-food* em shopping no horário do almoço é uma tarefa muito estressante, e tira a paciência de qualquer pessoa. Tanto daquelas que vão comprar a comida quanto dos funcionários que estão atendendo. Porque se formam filas enormes, todos estão sempre com muita pressa para comer, pois têm horário apertado para fazer a refeição.

Mesmo sabendo do tumulto que é almoçar no shopping, um grupo de colegas de trabalho resolveu ir e levaram seu amigo anão. Afinal, era aniversário dele e eles estavam querendo comemorar comendo num local diferente.

Depois de algum tempo, conseguiram mesas para todo mundo e foram comprar a comida. Como sempre, todas as filas estavam enormes e todo mundo estressado. Mas a fila não foi capaz de estragar o clima de comemoração. Todos estavam ali, conversando, batendo um papo, contando piadas. Estava tudo tão descontraído que até parecia que a fila estava andando rápido.

Na hora de o baixinho fazer o pedido, como o balcão do caixa era bem alto, a funcionária não podia vê-lo. Com a impaciência à flor da pele, nem percebeu que havia algo diferente, começou a cobrar do colega que estava imediatamente depois na fila. Como o cara não respondia, ela passou a ficar muito irritada, e a repetir sem parar:

– Anda logo, faz o pedido que a fila tá grande!

Enquanto isso, o gaiato apenas sinalizava com os olhos que havia alguém na sua frente. Mas a correria e o estresse eram tão grandes que a funcionária não percebeu o que o cara estava tentando mostrar.

– Anda logo! – repetia freneticamente a funcionária.

– Não parece, mas tem alguém na minha frente – disse o amigo do anãozinho.

Foi então que a funcionária resolveu se debruçar sobre o balcão e viu que, na verdade, o próximo da fila era o anãozinho. Ela ficou absolutamente sem graça. Tão sem graça que não só não parava de pedir desculpas, como também levou a refeição dele à mesa e a deu como cortesia, pela gafe.

Obviamente, esse acontecimento foi motivo de muitas risadas e gozações entre os colegas, que começaram a chamá-lo de anão do *Sexto sentido*, mestre dos magos (um anão que só os amigos enxergam) e Gorpo da She-ha, entre outros milhões de coisas.

CRIANÇA ESPERTA

Uma das maiores torturas atuais da humanidade é ter de ligar para a central de atendimento de cartão de crédito. Qualquer que seja a sua necessidade junto às operadoras de cartões, de uma simples consulta à fatura até cancelamento, é sempre um verdadeiro calvário. Perde-se uma eternidade, bem como a paciência. Tenho certeza de que o cartão de crédito foi uma invenção do capeta para provocar a discórdia no mundo. Uma tarefa que por si só já é algo aterrorizante, consegue tornar-se pior se um anão a executa. Sim, é possível que essa tarefa fique pior do que o normal.

Um anão resolveu ligar para o atendimento do cartão de crédito para solicitar informações sobre a fatura. Como é de costume, do outro lado da linha a atendente seguiu o protocolo padrão das várias perguntas a respeito de informações do titular do cartão. Ela não parava de fazer perguntas. Era uma atrás da outra, tudo com a desculpa de conferir a autenticidade da ligação. Pacientemente, ele foi respondendo as perguntas sobre sua idade, data de nascimento, telefone, CPF, identidade... Quando já não havia mais o que perguntar, a atendente falou:

– Senhor, sua voz não condiz com sua idade. Não posso passar informações para uma criança.

O baixinho ficou furioso. Claro que a atendente não estava fazendo uma piada com seu tamanho, porque era uma ligação telefônica, mas em relação à sua voz. Os anões costumam ter voz mais fina, mais infantilizada. Realmente, lembra uma criança.

– Minha senhora, pensa um pouco. Como pode uma criança responder a todas as perguntas que você me fez? Como uma criança vai ter o vocabulário e a maneira de se expressar que estou tendo com a senhora? – arguiu o anão.

– Desculpe, senhor, mas eu não poderei ajudá-lo. Mais alguma coisa?

– Você está de sacanagem, só pode ser. Se eu sou uma criança, por que você está me chamando de senhor? Qual criança usa os termos "por obséquio" e "impreterivelmente"? O filho do Einstein?

Enfurecido, ele pensou: "Se o problema é que tenho a voz fina, vou dar um jeito. Vou pegar a máscara do Darth Vader, o vilão do filme *Guerra nas estrelas*, que tem um efeito de engrossar a voz, e vou telefonar".

O mesmo ritual de sabatina se repetiu, e as mesmas respostas foram dadas, mas agora utilizando esse truque no final. A atendente disse:

– Desculpe, mas acho que o senhor está bem gripado. Pede pro seu pai lhe dar um xarope.

– Meu pai me dar um xarope? Como assim?

– Sim, criança, nós não fornecemos informações para crianças.

Não teve jeito, o tiro saiu pela culatra. O truque de engrossar a voz não funcionou. O anãozinho tentou mais umas três vezes e era sempre a mesma história. Foi preciso pedir para um amigo ligar para a operadora do cartão, com todas as informações necessárias anotadas, para depois obter a informação desejada. E o mais curioso é que, como tinha muita informação anotada no papel, o amigo ainda errou uma das respostas e mesmo assim conseguiu o que desejava.

QUÉ PAPÁ, QUÉ?

Às vezes algumas pessoas querem ser solícitas demais, têm boa intenção de ajudar o próximo, mas não percebem o mico que estão pagando. A seguir daremos alguns exemplos, entre outros tantos, só para ilustrar:

– Falar gritando com um deficiente visual: ele é deficiente *visual*, não *auditivo*.

– Dar explicações para deficiente visual apontando para as coisas, esquecendo que ele não está vendo.

– Associar alguma deficiência física ou motora com deficiência mental, falando com um anão como se fala com uma criança. Por incrível que pareça, um anão é um adulto e não tem nenhum problema mental. Dá para falar normalmente.

Um dia, fui a um restaurante por quilo para almoçar. Como na hora em que todos da minha sala de trabalho saíram para comer eu estava muito atarefado e não pude ir junto com eles, fui sozinho.

Quando eu vou a esses restaurantes com os amigos, eles mesmos me ajudam, servindo-me, pois a bancada onde ficam as comidas é muito alta para mim. Mas, como estava só, tive que pedir auxílio para uma funcionária do restaurante, que se virou para mim e disse:

– Você qué papá, qué? Qué papá o quê? Conta pra titia.

Fiquei uns dez segundos paralisado diante daquela cena patética. Juro que não estava acreditando que ela estava falando assim comigo. Como assim, "qué papá"? Estava começando a abstrair o ocorrido, imaginando que deveria ter sido uma brincadeira, quando ela voltou a falar:

– Vamos lá, diz pra tia o que você qué papá.

Realmente, não tinha sido uma brincadeira. Ela estava falando mesmo daquele jeito comigo. Por incrível que pareça, muitas pessoas, na presença de um anão, ficam com retardo mental. Era o caso da funcionária desse restaurante. Respirei fundo, contei até 10 e tentei manter um diálogo com ela:

– Senhora, eu não sei o que vou querer almoçar, uma vez que não consigo enxergar nem a comida nem a plaquinha contendo o nome dela – disse na maior seriedade, para ver se ela se tocava.

– Não tem problema nenhum, a tia fala. Tem batatinha, arrozinho, bifinho de vaca...

Aí ela já estava abusando da minha paciência, da minha boa vontade. Assim que ela começou a falar de bifinho de vaca etc., interrompi e disse:

– Tia, pala tudo! Já sei o que quelo. Eu quelo uma chuleta, maminha e... mamá no seu peitinho! Você deixa? A mamãe deixa, vai. Vem cá! Vem cá!

Foi aquela gargalhada no restaurante. A funcionária não gostou muito da brincadeira, saiu e chamou outra pessoa para me atender. Ah, mas o que posso fazer? Eu só entrei no personagem.

O ESTACIONAMENTO

Estacionar um carro nos grandes centros está cada vez mais difícil. É uma missão praticamente impossível. É uma invasão de flanelinha por tudo quanto é lado. Uma quantidade enorme de carros circulando e procurando vaga. Os preços dos estacionamentos cada vez mais altos. Qualquer dia, será mais fácil ganhar sozinho o prêmio da loteria acumulada do que conseguir uma vaga para estacionar nas grandes metrópoles.

Um anãozinho foi a um casamento e estava atrasado, pois ele era o padrinho do noivo (não, ele não seria o pajem). Como era muito longe e se ele fosse de táxi sairia muito caro, resolveu ir dirigindo seu próprio carro.

Depois de rodar por algum tempo atrás de uma vaga, finalmente conseguiu um lugar num estacionamento pago. Ao entrar no lugar, o manobrista fez a clássica pergunta:

– Senhor, a chave do veículo, por favor.

– Desculpe, mas o meu carro é adaptado e ficará difícil você dirigi-lo. Você pode me informar em qual vaga eu estaciono que eu mesmo paro o carro.

– Não, senhor, é norma do estabelecimento. Somente os funcionários podem manobrar o veículo aqui dentro.

– Tudo bem, mas no meu caso é uma exceção. Ou você não percebeu?

– Desculpe, senhor, mas normas são normas.

Pronto, estava estabelecido um conflito. Mais um louco que deve ter alguma fixação em dirigir carros de anões. Como o anãozinho estava muito atrasado, ele cedeu ao pedido do manobrista, saiu do carro e foi direto para a recepção reclamar:

– Preste atenção no que eu vou falar! Se tiver um arranhãozinho no meu carro, eu, eu... Eu vou chamar o noivo para lhe meter a porrada.Tá ouvindo, né?

Durante todo o casamento o anãozinho não parava de imaginar

como uma pessoa de estatura normal ia conseguir dirigir um carro adaptado para anão. Quando saiu da cerimônia, ao voltar ao estacionamento, ele teve a oportunidade de averiguar isso. Era a cena mais cômica que ele já tinha vivido. Imagine um cara com mais de 1,80 m de altura dentro de um carro, inclinado para trás, com as pernas para cima e ainda dirigindo. Parecia um feto dentro da barriga da mãe. Foi assim que o manobrista ficou dentro do carro do anão.

ANÃO E CURIOSIDADES

Existem vários fatos, contos e mitos que envolvem o mundo dos anões. Todo mundo tem milhões de perguntas e curiosidades a respeito deles. Curiosidades que vão muito além de saber o tamanho do seu pinto. A impressão que se tem é que eles vivem eternamente num conto de fadas, num mundo mágico. Em torno desse universo, o povão criou contos, histórias, crendices e superstições sobre esse pequenos seres humanos. Coisas muito doidas, sem lógica nenhuma. E é sobre algumas dessas loucuras que falaremos agora.

CRIANÇAS: MEDO OU COLEGUINHA

Uma das coisas mais curiosas no universo de um anão é a reação que as crianças têm com ele. Ou elas acham que ele tem a mesma idade delas, querem ficar brincando a toda hora e choram se ele não for brincar. Ou têm medo, pânico, pavor.

A primeira reação é compreensível, porque a criança não consegue entender que uma pessoa do seu tamanho possa ser um adulto. Mas o medo nem sempre é fácil de entender. Algumas pessoas dizem que é por causa de o anão ser uma pessoa diferente, e como a criança não consegue compreender que ele é um adulto pequeno, fica com medo. Realmente, o que qualquer ser humano não consegue explicar, independentemente da idade, costuma causar repulsão e medo.

Mas eu tenho outra explicação para o medo das crianças. A

culpa é da Xuxa, por causa dos DVDs *Xuxa só para baixinhos* e seus filmes. Porque quando as crianças são pequenas, os pais ficam colocando 24 horas por dia esses DVDs para a criança assistir. E ela vai tomando trauma disso. Em quase tudo que a Xuxa faz, sempre tem um anão trabalhando (o que é muito legal da parte dela, que dá oportunidades para os anões). Sendo assim, a criança, ao ver um anão, associa-o aos vídeos e DVDs com os quais já está traumatizada, despertando o pavor pelos anões.

Lembro-me da vez em que fui ao shopping e estava extremamente chateado e mal-humorado porque nada estava dando certo naquele dia. Sabe aqueles dias em que tudo começa a dar errado e você pensa: "Por que eu saí de casa hoje?".

Estava na fila enorme, esperando o elevador, quando chegou uma mulher com seu filho. A criança estava fazendo má-criação, até que me viu. Nesse momento começou a chorar e a apontar para mim, dizendo:

– Mamãe, o que é aquilo, mamãe?

A mãe, completamente sem graça, tentou disfarçar e tapou a boca da criança, advertindo em seu ouvido:

– Para com isso, filho. É um moço pequeno. Para de bobagens!

Como já estava muito enfurecido por causa do meu dia, olhei para a mãe e o garoto com uma cara que daria medo a mim mesmo. Mas criança é criança. Ele continuou insistindo:

– Mamãe, ele morde?

– Claro que não, filho – respondeu a mãe, já sem saber onde enfiava a cara.

– Morde sim, mamãe!

Nesse momento, perdi a cabeça, virei para trás e disse com uma expressão ensandecida:

– Ahhhh!!! Mordo sim, seu desgraçado, quer ver? – disse indo para cima deles. – Vou morder a bunda da sua mãe agora!

Nesse instante não era só o menino que estava com medo de mim. Todo mundo ao meu redor ficou com medo. A mãe arregalou os olhos e disse:

– Vamos embora, filho, vamos descer de escada mesmo. Eu acho que você estava certo, ele deve morder, sim.

Pelo menos esse episódio teve um lado positivo: passei a ser o primeiro da fila do elevador e isso evitou que eu perdesse mais tempo dentro daquele shopping. Juro que já pensei em fazer isso de novo quando estiver com pressa.

ADULTO COM MEDO DE ANÃO

Criança com medo de anão até dá para entender. Mas adulto? Eu nunca entendi como uma pessoa adulta pode ter medo de um anão. Será que ainda é resquício do trauma dos DVDs da Xuxa na sua infância? Ou porque a mãe o ameaçava dizendo:

– Se você não comer tudo, incluindo o jiló, a beterraba e o inhame, você não vai crescer.

O adulto, ao ver o anão, lembra desse momento torturante de sua criação e transfere o medo de reviver esses momentos para o pequeno. Por falar nisso, essa coisa que as mães falam para os filhos, para ver se eles comem melhor, nunca funcionou comigo. Minha mãe falava outra coisa:

– Come tudo, filho, para ficar que nem o Popeye.

Realmente, é algo que não dá para entender o medo de um adulto por anão. Por exemplo, ninguém nunca viu um anão assaltando. Embora até possa ter acontecido, é algo quase impossível. Primeiramente, porque seria cômico. Quem levaria a sério um assalto de um anão? Depois porque, para ele, correr de alguém é covardia. Como iria acontecer? Ele falaria:

– Deixa eu ir na frente! Conta até vinte e depois você pode correr atrás de mim para me pegar.

Como ele iria despistar a polícia no meio da multidão? Invadindo uma casa e se passando por anão de jardim?

Eu também nunca soube de um anão estuprador. Até porque, se a vítima não fosse uma anã ou uma criança, ninguém acreditaria na história. Quando um anão vai conseguir imobilizar à força uma mulher alta para cometer a violência sexual? Imagine a cena:

– Isto aqui é um estupro – grita o anão para a mulher alta.

– Oh, não! – grita ela, sem sair do lugar.

– Tire a roupa e fique calada!

Ele tenta, tenta, e depois diz:

– Será que você poderia deitar, porque o que eu quero não estou alcançando?

Ou seja, no máximo o que um anão conseguiria violentar seria a perna da mulher. Ia parecer aqueles cachorros pequineses tarados, que não podem ver uma perna que ficam se esfregando.

Eu só fui compreender um pouco melhor por que alguns adultos têm medo de anão depois que assisti ao filme *O brinquedo assassino*. Fiquei uma semana sem conseguir me olhar no espelho. Ninguém tira da minha cabeça que o Chucky é um anão possuído.

OS MEDOS DO ANÃO

Como estamos falando de medos, ninguém imagina que os anões têm seus medos. Não estamos falando de medos comuns que qualquer pessoa pode ter, como, por exemplo, medo de altura, de barata, de assalto, de cair na malha fina do imposto de renda etc. Se bem que alguns medos comuns ganhem particularidade com os anões:

– Medo de altura: se um anão fosse ter medo de altura, ele não se sentaria numa cadeira, pois seria alta para ele.

– Medo de barata: aliás, qualquer bicho, inseto ou não, mas sobretudo os voadores, oferecem um perigo real aos anões. Já imaginaram um *pitbull* voador? É mais ou menos assim que uma simples barata é para um anão.

Mas existem medos que somente quem é anão pode ter, mais ninguém. Por exemplo:

– Medo de Papai Noel: porque aquele velhinho safado escraviza anão. Ele tem cara de bom velhinho, mas de bom não tem nada. Para fazer média com a criançada e atender a todos os pedidos, ele se utiliza de trabalho escravo dos pobres anões. Vocês nunca perceberam que os anões só aparecem nessa época do ano? Porque no resto do tempo estão trancafiados na fábrica do "bom" velhinho, fazendo trabalho forçado.

– Medo de pedófilos: vai que ele confunde o anão com uma criança. Não sei se vocês repararam, mas quando começou a onda de denúncias de padres pedófilos, os anões deixaram de frequentar as missas. Eu fui um deles. Embora houvesse pouquíssimos padres acusados e não possamos generalizar, o seguro morreu de velho. Eu estava tão apavorado com a possibilidade que, na última vez que um padre sorriu para mim, eu saí correndo.

– Medo de pessoas gordas: é um medo natural e faz parte da sobrevivência. Porque geralmente a pessoa gorda tem um barrigão enorme que a impede de olhar para o chão. Se um anão passa na frente de um gordo, ele não irá vê-lo, vai tropeçar e cair em cima dele. Somente nas historinhas infantis é que o elefante tem medo da formiga, pois na vida real isso não acontece. Porque se um gordo cair em cima de um anão, certamente irá esmagá-lo.

– Medo de gatos: porque todo gato da face da terra será sempre um símbolo do Cruel (o gato do Gargamel dos Smurfs). Aquele gato fazia tanta maldade com os pequenos e indefesos Smurfs que qualquer anão tem medo de gato.

A HOMOSSEXUALIDADE NOS ANÕES

Anão não nasceu para ser homossexual. Pode parecer um discurso preconceituoso, mas na verdade é apenas uma dedução lógica de uma observação muito relevante: seu ânus fica muito baixo. Muito próximo do chão.

Eu nunca vi um anão gay. Deus já fez o anão um ser completamente diferente dos demais. Ele usou outro molde, outra forma para produzi-lo. Fez ele baixinho, tortinho, fofinho, com um andar engraçado, um ser todo especial. Se fosse para um anão ser gay, ele viria com o ânus na nuca.

Somente na cabeça do Walt Disney é que os anões são gays. Aliás, foi a única explicação que encontrei para a história da Branca de Neve e os sete anões. Pois a Branca de Neve é a mulher com que todo homem sempre sonhou. Linda, educada e jovem. Aceita morar numa floresta no fim do mundo sem reclamar. Lava e passa as suas roupas. Limpa a casa toda. Cozinha muito bem. E faz isso para você sempre cantando e com aquela alegria. Está sempre sorridente esperando você chegar do trabalho. Mesmo que você chegue todo dia com mais seis amigos para jantar, ela nunca reclama. Nunca pediu dinheiro emprestado nem gosta de ficar passeando pelos shoppings. E nenhum dos setes anões pensou em se casar com ela. Só mesmo sendo gay. Porque depois de tantos anos de seca, não precisava fazer nem a metade do que ela fazia, se aparecesse uma Branca de Neve lá em casa de bobeira, não pensaria duas vezes: chamaria logo para um canto e começaria a dar uns amassos.

PARA DAR SORTE

Algumas pessoas acreditam numa superstição popular que diz que passar a mão na cabeça de um anão dá sorte. Algo sem a menor lógica, sem o menor sentido. O que talvez explique o fato de as pessoas não cumprimentarem os anões com aperto de mão, elas sempre os cumprimentam passando a mão na sua cabeça. Gesto que deve enlouquecer por completo as anãs, que, como todas as mulheres, perdem horas arrumando seus cabelos, para um doido qualquer despenteá-los.

Descobri essa superstição da forma mais improvável. Estava numa boate de bobeira, dançando, quando de repente uma gatinha chegou perto de mim, passou a mão na minha cabeça e disse:

– Fala, anão! Arrebenta aí!

Na primeira vez, apenas sorri para ela, pois era um gesto extremamente normal. O problema é que o gesto se tornou recorrente ao longo da noite, o que começou a chamar minha atenção. Passei a ficar muito intrigado com aquela situação. Não sabia se ela estava me sacaneando, se estava me dando condição para chegar junto, se era doida de verdade e me tirou como Cristo. Até que, quando ela veio repetir o gesto, segurei as suas mãos e disse:

– Olá! Tudo bem? Vamos ali no cantinho porque quero falar contigo.

Fomos para um canto menos movimentado e com o som mais baixo, para conversar. Tinha que tirar aquela história a limpo.

– Olha só, eu já perdi a conta de quantas vezes você já passou por mim, mexeu na minha cabeça e me cumprimentou. Quero saber o que está acontecendo? Qual é a parada?

– Ih, cara, foi mal. Não queria que você ficasse chateado. Não é nada, não.

– Como não é nada? Ninguém fica a noite toda fazendo o mesmo gesto em alguém para não ser nada. Qual é? Você tem algum fetiche por anões?

– Tá bom, eu vou falar. É porque eu sempre ouvi dizer que passar a mão na cabeça de anão dá sorte.

– Ah, era isso?! Mas você está passando a mão na cabeça errada. Se você passar a mão na cabeça certa, tenho certeza de que você vai se achar a mulher mais sortuda da face da terra.

E não é que essa cantada cafona e grosseira deu resultado? Saímos depois da balada para então provar a minha teoria. Dessa vez a superstição funcionou, embora eu jamais tenha acreditado nela. Pois, se ela realmente fosse verdade, os anões seriam as pessoas mais sortudas do mundo, uma vez que eles sempre passam a mão na cabeça quando tomam banho. A única certeza que tenho é que acrescentei mais uma cantadinha na lista para ser usada para chegar na mulherada. Vai que funciona novamente...

ANÃO E CONTOS E MITOS

Desde a Antiguidade, anões sempre foram tema de contos e mitos por todo o mundo. É impressionante como esses seres tão pequenos atraem tanta atenção e curiosidade das pessoas. São diversos os contos e mitos que existem sobre os anões. Das histórias mais clássicas às mais bizarras. Num trabalho de busca pela internet, recolhi alguns desses relatos neste capítulo e fiz alguns comentários a respeito. Na verdade, este capítulo faria parte do capítulo anterior sobre "Anão e curiosidades", mas como encontrei uma quantidade razoável de texto, achei mais prudente criar um capítulo à parte. É o momento *nerd* do livro. Descubra as mais variadas loucuras que inventam sobre nós, os anões.

BRANCA DE NEVE

Todo mundo já está cansado de saber da clássica história da Branca de Neve e os sete anões, originalmente criada pelos irmãos Grimm e eternizada nas telinhas do cinema por Walt Disney. Mas o que poucos devem saber é que já fizeram várias versões dessa história. Desde uma versão pornochanchada, chamada *Clara de Neves e os seis anões,* em que os anões transavam com a Branca e o príncipe era gay e fugiu com um dos anões, até uma versão muito louca e cômica, intitulada *A história da Branca de Neve contada por um dos anões,* feita pelo site Desciclopedia, que segue abaixo:

"Certamente os personagens mais importantes da literatura dos contos de fada são os Sete Anões. Pelo menos é assim que sabemos desde crianças. A lista original conta com sete, mas o Instituto de Criminalística de São Paulo descobriu a ossada de mais um anão lá em Capão Redondo, e o IBAMA capturou o Lobo Mau, que resolveu se entregar e delatou a Bruxa Malvada e o Boi da Cara Preta. Os três juntos teriam jantado o anão, sem falar nos Teletubbies e Lemmings assassinados sem fins lucrativos para fazer poções mágicas.

Anões nos contos de fadas:

Mestre – O Poderoso Chefão, é o mais mandão de todos. Quer sempre ser o primeiro a comer a Branca de Neve.

Soneca – O Anão Preguiçoso, está sempre dormindo, parece adolescente e cachorro. Quando está acordado, fala "boa noite". Nasceu na capital carioca, o que explica sua preguiça. Interpretado pelo Godinez.

Atchim – O Anão Alérgico a Pó; na verdade, sua alergia é só desculpa pra não trabalhar na mina e ficar comendo a Branca de Neve lá na cabana.

Zangado – Interpretado pelo Seu Madruga. Está sempre de mal com a vida. Só fica alegre quando chega a vez dele de abater a Branca.

Feliz – Está sempre rindo. Seus companheiros desconfiam que ele seja homossexual por causa de sua alegria excessiva, mas o Feliz está sempre olhando por debaixo da saia da princesa, o que prova que ele é chegado na aranha e não num duelo de espadas.

Dengoso – Está sempre chorando pelo Bosque Encantado, chora quando o Zangado o xinga, chora quando o Atchim espirra nele, chora quando o Soneca dorme no ombro dele, está sempre chorando. É o mais gay de todos, só não assumiu sua homossexualidade porque de vez em quando ainda vai durante a madrugada no castelo dar uma abatida no bife da Bela Adormecida.

Dunga – O Anão Mudo. Na verdade ele fala, mas como nos contos de fada ninguém fala nada com nada, ele prefere ficar quieto para não fazer papel de imbecil. Falando ou não, ele acaba fazendo papel de imbecil do mesmo jeito.

Pit Bitoca – Antigamente fazia um quadro humorístico numa TV do interior de Roraima. Depois começou a trabalhar ao lado de Tom Cavalcante. Quando descobriu que era chegado na fruta, assumiu sua homossexualidade e adotou a terminologia "Pit" como codinome de guerra. Contudo, não abandonou o *show business* e atualmente trabalha como garçom no Bar do Canabrava.

Adelaide – Anã do Paraguai. Trabalhou com a apresentadora Eliana no *Bom Dia & Cia.* Foi a anã que o ator pornô Lobo Mau comeu no jantar, já que a Chapeuzinho Vermelho e a Vovozinha não saciaram o lobão no almoço.

Borboletinha de Taubaté – Anã-Macho. Irmão gêmeo do Pit Bitoca. Foi encontrado pelo Ribamar quando estava dormindo na praça. É alcoólatra inveterado e companheiro de porre do Lula, embora o Tiririca tenha sem sucesso tentado fazê-lo largar o vício.

Anão Tosco – Trabalhou durante anos com o Marcos Mion e com o Corvo. Já esteve no elenco do *Zorra Total* e teve carteira assinada pelo Ratinho, mas atualmente está afastado do estrelato.

ET – Já interpretou o Chupa-Cabra na época em que o *Programa do Ratinho* era exibido pela Rede Record. Depois de conhecer seu par romântico, o Rodolfo, formou a dupla sertaneja Rodolfo e ET e emplacou os sucessos *Comprei uma panela de pressão só pra ver seu cuzinho mais depressa* e *A dança do ET que veio abalar.* Foi assassinado, assado e comido pelo Boi da Cara Preta.

AS ORIGENS DOS ANÕES

Sempre soube que minha origem foi do meu pai e da minha mãe e que, devido a alterações genéticas durante a gestação, acabei tendo um crescimento reduzido. Mas no mundo dos contos mitológicos e dos RPGs a coisa é assim:

>> **A origem dos anões 1:**

Conforme escritos históricos, como em *Edda em Prosa*, de Snorri Sturluson, os anões nasceram dos vermes que roíam o cadáver de um gigante denominado Ymir. Porém, existe outra versão, descrita na *Edda Poética*, em que eles surgiram dos ossos e do sangue de outro gigante, o gigante Blain. Os primeiros anões foram nomeados pelos deuses de Mótsognir e Durinn e viveram em Nidavellir (um dos denominados nove mundos, criados pelos deuses), sendo que alguns deles chegaram a habitar até mesmo em Midgard (reino dos humanos na mitologia nórdica, correspondendo à Terra).

– Ei, peraí, muita calma nesta hora... Que história é essa de anão nascer de verme, ossos ou sangue de gigantes? Vai ter raiva assim de anão lá no inferno! Que coisa nojenta! Se as origens dos outros seres da mitologia são românticas, por que esse preconceito com a origem dos anões?

"São seres que vivem no subterrâneo, uma vez que a luz tem o poder de transformá-los em pedra."

Agora, sim, acabamos de descobrir a origem dos anões de jardim. Agora tudo faz sentido... Por isso, quando anoitece, alguns anões de jardim somem. Então, se você não quiser que os seus anões de jardim desapareçam, deixe-os sempre sob um foco de luz.

"São vistos como tendo seus próprios chefes e atribuições diversas; muitos deles conhecem o futuro. Não são belos, usam grandes barbas e possuem inteligência superior. São hábeis artífices; são particularmente peritos no trabalho de forja, fazem não só as armas dos deuses, mas também as joias das deusas. Entretanto, os anões também possuem má reputação, pois são vistos usualmente como gananciosos quando diante dos metais preciosos e, além disso, ladrões e trapaceiros."

O texto até que começa bem, enaltecendo os anões: seres bonitos e inteligência superior. Bacana. Mas logo em seguida acabam com sua reputação, chamando-os de gananciosos, ladrões e trapaceiros. Acho que o autor levou um golpe dos anões do orçamento lá de Brasília e resolveu protestar, criando esse conto de como surgiram os anões. Só pode ser. E que mania que o povo tem de sempre retratar os anões com barbas grandes. O que eles pensam? Só porque os anões não alcançam o espelho eles não fazem a barba?

>> **A origem dos anões 2**:

"Em um grande salão sob as montanhas da Terra-média, Aulë, o Ferreiro dos Valar, moldou os Sete Pais dos Anões durante as Eras da Escuridão, quando Melkor e seus servos malignos em Utumno e Angband mantinham o poder sobre toda a Terra-média. Por isso Aulë fez os Anões robustos e fortes, não afetáveis por frio e fogo, e a mais vigorosa das raças que se seguiram. Aulë conhecia o grande mal de Melkor, então fez os Anões teimosos, indomáveis e persistentes no trabalho e emergências. Eram bravos na batalha e seu orgulho e vontade não podiam ser quebrados."

Primeiramente, por que essa mania que as pessoas têm de, ao falar de anões, usar o número sete? Que falta de criatividade! Está parecendo um plágio. Por que sempre que falam de anões, eles são mencionados como seres teimosos, orgulhosos e nervosinhos? Será que isso tem um fundo de verdade?

“Os Anões eram mineiros das profundezas, pedreiros, trabalhadores em metal e os mais fantásticos escultores em pedra. Eram bastante adaptados às artes de Aulë, que deu forma às montanhas, por isso foram feitos fortes, duros e com longas barbas, mas não altos, tendo de 1,20 m a 1,50 m de altura. Como seu trabalho era longo, foi-lhes dada uma vida de cerca de dois séculos e meio, e eram mortais; também podiam ser mortos em batalha. Aulë fez os Anões sábios com o conhecimento de seus trabalhos e deu-lhes uma linguagem chamada Khuzdul. Nessa língua Aulë foi chamado Mahal e os Anões Khazâd, mas é uma língua secreta, desconhecida, a não ser por poucas palavras, para todos, exceto os Anões, que a guardavam com ciúme. Os Anões sempre agradeceram a Aulë e reconheciam que através dele foi lhes dada vida real pelo poder de Ilúvatar.”

Mineradores, com barbas longas. Oh, falta de originalidade! Que explicação mais sem sentido das barbas longas dos anões. Primeiro, que eu nunca vi anão com barba longa; depois, que explicação mais sem cabimento: por eles serem mineiros, pedreiros, trabalhadores em metal e escultores, logo, tinham que ter barba grande. Será que eu perdi alguma parte da explicação? Outra sacanagem é que sempre relatam os anões como trabalhadores braçais, quase escravos. Que porra de língua é essa? Khuzdul? Eu nunca ouvi falar. Ok, ela é secreta, mas eu, como anão, deveria saber. Oh, meu Deus! Será que eu sou um anão excluído do meu próprio mundo?

“É dito que, quando Aulë fez os Anões, secretamente os escondeu dos outros Valares e pensou que os tivesse ocultado também de Ilúvatar. Mas Ilúvatar estava atento às ações de Aulë e julgou que o ato de Aulë foi realizado sem maldade, e então ele santificou os Anões. Mas não permitiu que essa raça viesse antes das suas crianças escolhidas, os Elfos, que deveriam ser os Primogênitos. Então, apesar de os Anões estarem completos, Aulë os tomou e colocou-os profundamente sob a pedra, e nessa escuridão os Sete Pais dos Anões dormiram por muitas eras antes das estrelas e antes do Tempo do Desperar se aproximar.”

Outra coisa incompreensível é esse desejo coletivo que as pessoas têm de sacanear os anões. Impressionante: não podem ver um anão que vêm logo à mente várias maneiras de sacaneá-los. Não tô gostando desse Aulë, não... Por que não enfiou a mãe dele na pedra?

"Então os Elfos despertaram em Cuiviénen no Leste na Primeira Era das Estrelas. Nos anos que se seguiram os Sete Pais dos Anões se moveram, e suas câmaras de pedras se abriram, e eles se levantaram cheios de medo. É dito que cada um desses Sete Pais construiu grandes mansões sob as montanhas da Terra-média, mas as histórias Élficas desses anos iniciais falam de apenas três. Estes eram os reinos Anões de Belegost e Nogrod nas Montanhas Azuis, e Khazad-dûm nas Montanhas Sombrias. A história de Khazad-dûm é a mais longa, pois essa foi a Casa do Primeiro Pai, chamado Durin I e Durin o Imortal."

Depois não sabem por que os anões têm cisma com as bichinhas élficas. Já estão chamando os anões de mentirosos. Quem são essas paquitas para falar dos anões?

"Nem todos os feitos dos Anões da Primeira Era do Sol, do período da Guerra das Joias, foram elogiáveis. Pois é dito que os Anões de Nogrod desejaram a Silmaril e por ela mataram o Rei Thingol e saquearam Menegroth. Mas os Anões foram pegos pelos Laiquendi no Vau do Gelion e a Silmaril foi tomada deles, e aqueles que escaparam da emboscada foram atacados pelos Ents e completamente destruídos."

Olha só a sacanagem! Quando finalmente os anões mostraram que são machões, príncipes encantados que roubaram a princesa amada das garras de Thingol, eles foram presos e destruídos. Mas, se fossem os elfos, certamente a história seria contada de maneira diferente.

"Assim os Anões da Linha de Durin sobreviveram até a Terceira Era do Sol, embora eles pensassem que os maiores dias dos Anões já tinham passado e o povo começava a definhar. Moria continuou de pé por cinco Eras das Estrelas e três do Sol até o vigésimo século da Terceira Era. Mas no ano de 1980 dessa Era, quando Durin VI era Rei, os Anões escavaram muito profundamente nas montanhas e liberaram um grande demônio. Este era um dos balrogs de Morgoth, e veio em fúria, matou o Rei Durin e seu filho Náin e expulsou os Anões de Moria."

Pronto! Tinha que ser! Quem tinha que fazer a besteira toda? Quem tinha que soltar os demônios? Os anões, claro! Porque a corda sempre arrebenta no lado mais fraco. Brincadeira isso!

"Novamente os Anões foram expulsos de suas casas. Alguns buscaram abrigo nas colônias das Colinas de Ferro, mas outros sobreviventes seguiram o Rei Thrór e seu filho, Thrain II, e seu neto, Thorin II, em companhias vagantes."

Enfim, como toda história épica, esta é cheia de idas e vindas. Guerras, conquistas, lutas entre povos e dragões, que vão se arrastando. Como o conto é longo, e os anões nunca se davam bem, resolvi encurtar os fatos para chegar aos finalmentes, a história das origens dos anões.

"O Reino Anão sob a Montanha não foi a última nem única morada do Povo de Durin na Quarta Era. Outro nobre Anão, descendente de Borin, irmão de Dáin I, fundou um reino de Anões no início da Quarta Era, após a Guerra do Anel. Esse Anão era Gimli, filho de Glóin; ele ganhou grande fama na guerra e fez parte da Sociedade do Anel. Ele saiu-se bem em todas as tarefas e a música de seu machado foi um terror para seus inimigos nas Batalhas do Forte da Trombeta, Campos de Pelennor e ante o Portão Negro. Ao final da Guerra, Gimli tomou muitos dos anões do reino sob a Montanha e os conduziu para as impressionantes cavernas do Abismo de Helm, e por todos foi chamado Senhor de Aglarond, 'as cavernas reluzentes'".

Por mais de um século Gimli, o Amigo-dos-Elfos, governou Aglarond, mas após a morte do Rei Elessar ele permitiu que outros governassem e foi para o reino de seu grande amigo Legolas, Senhor Élfico de Ithiline. Ali, como é dito, Gimli embarcou em um navio Élfico e com seu companheiro viajou pelo Grande Mar do Oeste para as Terras Imortais.

Esta é a última história da Terra-média sobre os Anões. Não se sabe se seus reinos sobreviveram à Quarta Era e ao Domínio dos Homens. É sabido que diminuíram ainda mais, mas se continuam a viver em cavernas secretas no Mundo ou se foram para os Palácios de Aulë nas Terras Imortais ninguém pode dizer.

Peraí, deixa eu ver se entendi. Perdi meu tempo lendo essa história enorme, cheia de nomes e lugares (e olha que a versão completa é bem maior), justamente na curiosidade de saber a origem dos anões, para acabar lendo que os anões sumiram e ninguém sabe onde eles estão? É isso mesmo? Por isso o filme O Senhor dos Anéis é tão longo. Fala, fala, fala e no final não explica nada.

COMO OS ANÕES SÃO DESCRITOS

Para finalizar esta seção, mostraremos algumas das diversas maneiras como os anões são descritos e representados no universo dos contos mitológicos e dos RPGs.

>> **Descrição 1: encontrada num site de mitologia**

"Os Anões são uma raça baixa e atarracada, de força acima do normal e grande determinação. Todos os Anões do sexo masculino têm barba e são treinados desde a infância em duas perícias: na arte do Machado (ou da Maçã, dependendo da região de origem) e no Comércio. As mulheres desta raça recebem uma educação servil e doméstica, raramente são vistas desacompanhadas e jamais moram sozinhas."

Mais uma vez escrevem que anão tem barba. Acho que isso é uma lei. Estou seriamente pensando em deixar a minha barba crescer.

"Ao atingir a maturidade o Anão faz um juramento de obedecer às leis de seu povo e às leis do povo com o qual vier a conviver. Anões desonestos são extremamente raros, e a punição para um crime é tradicionalmente rígida. Após o juramento, o Anão precisa escolher se seguirá o caminho da Luta ou o caminho do Lucro.

Se escolher o caminho da Luta, deverá abandonar sua comunidade e tornar-se um andarilho, para que encontre guerras justas e oportunidades de exercer seu heroísmo. Mas esse caminho geralmente embrutece o Anão e muitos ingressam em exércitos mercenários, tornando-se temidos no campo de batalha."

"Tornando-se temidos no campo de batalha". Tá de brincadeira, né? Quem vai ter medo de lutar contra um anão com um machado ou uma maçã na mão? Se ele ainda estivesse com um tanque de guerra ou uma metralhadora...

"Se escolher o caminho do Lucro será convocado para um posto dentro da Guilda. Esta organização transcende os limites de reinos e gerencia 90% da atividade comercial em Faéria, regulando os preços, estabelecendo rotas de importação e exportação, financiando reis etc.

Anões possuem uma personalidade forte. Nenhum deles é introvertido ou luxurioso. Um Anão casado será fiel a sua esposa até morrer. Um Anão guerreiro fará questão de morrer com a arma na mão. E um Anão da Guilda preferirá ter sua mão cortada a ter que roubar. Nunca entram em pânico e são difíceis de manipular."

>> **Descrição 2: anões segundo os RPGs**

"Os anões, em inglês *dwarfs,* são seres clássicos de RPG que possuem baixa estatura e são ótimos mestres na arte da mineração e da forjaria. Geralmente são aliados dos humanos, mas não "engolem a seco" os elfos, os quais olham atravessado, com superioridade. Embora usem outras armas, preferem machados e martelos em combate, causando grandes estragos em seu oponente. Nem sempre os anões são aliados, podendo ser inimigos também, mas aí aparecem com outras aparências.

Existem muitos tipos de anões, como: os duergar, que são anões negros que morrem se expostos ao sol, os anões das montanhas e os anões de ouro (são basicamente a mesma coisa). Também há os de "Artemis Fowl": pequenos, gordos, comem terra; assim, cavam muito bem. Sua saliva, depois de sair de sua boca, endurece e fica como pedra. Os fios de sua barba são responsáveis por guiá-los; e ainda existem muitos outros tipos de anões."

Pequenos e gordos? Hummm... Acho que encontrei o tipo de anão que eu sou.

"São impulsivos e beberrões. Quando esvaziam os barris de cerveja das tavernas, procuram briga, confusão, são espalhafatosos, ou simplesmente caem bêbados, roncando alto no chão."

Finalmente uma descrição mais próxima da realidade. Não sei por qual razão me identifiquei bastante com essa descrição. Acho que começarei a jogar RPG. Só faltou dizer que eles não podem ver uma mulher por perto que logo mandam um xaveco.

"Frequentemente os anões possuem barba e cuidam muito bem delas (do seu modo, claro). Comprar briga é tocar na barba de um deles. A maioria possui uma pele escurecida pela fuligem das minas e seus cabelos e barba são negros, embora isso varie bastante.

Os anões das Montanhas Geladas, por exemplo, possuem pele clara e cabelos brancos. Os anões de gelo são mais introspectivos por viverem em uma comunidade afastada. Os anões, ainda, possuem força e conhecimento suficientes para fazer belíssimas armas e armaduras. Uma armadura de Mithril de excelente qualidade feita por anões é o sonho de qualquer guerreiro."

>> **Descrição 3: anões segundo a mitologia de Tolkien**

"Na mitologia de Tolkien, os anões são uma raça de baixa estatura, com barbas (ambos os sexos), amigos dos Hobbits e inimigos dos elfos."

Como assim? Com barbas em ambos os sexos? Acho que esse Tolkien pegou uma anã paraguaia. Travecão, só pode ser. Falar que as anãs têm barba é muita sacanagem!

"Denominam-se Khazad – em Sindarin: Hadhodrim e em Quenya: Casari. No entanto, os Sindar os chamavam de Naugrim ou Nogothrim, o Povo Nanico.

Também nessa mitologia os anões eram exímios ferreiros/mineradores, e trabalhavam mais com ferro e cobre do que com ouro e prata. Porém, em suas minas havia um metal leve, resistente, além de muito valioso: Mithril, a Prata dos Anões."

>> **Descrição 4: anões segundo a minha mãe e a minha avó**

"Os anões são as criaturas mais bonitas que Deus colocou na Terra. São seres dóceis, compreensivos, amigos e amáveis. São sempre muito inteligentes. Na verdade, creio que todo anão possui inteligência acima do normal. O que lhes falta em altura sobra em inteligência.

São verdadeiros anjos que Deus enviou à Terra para transformá-la em um lugar melhor, mais humano e feliz. São extremamente prestativos. Estão sempre dispostos a ajudar qualquer pessoa, seja a hora que for.

São excelentes psicólogos, sempre dispostos a dar conselhos. Como são seres com uma sabedoria elevada, aconselhar-se com um anão é algo surpreendente, pois esses seres de luz conseguem mostrar a vida sob um ponto de vista que você jamais enxergou. Acreditamos que Deus os fez pequenos justamente, porque senão a Terra seria o próprio paraíso celeste."

Até para a mitologia, tantos elogios estão um pouco exagerados. Mas mãe e avó, vocês sabem como é: exageram mesmo, né?

ANÃO E TOLERÂNCIA ZERO

Embora os anões tenham a fama de ser figuras fofinhas, sorridentes e prestativas, eles são iguais a qualquer pessoa. Sua paciência também tem limites, ou seja, eles também gritam, brigam, xingam e fazem barraco como todo mundo. Porque tem horas em que as pessoas lhes fazem certas perguntas que são de tirar qualquer um do sério. Como diria o personagem humorístico Seu Saraiva: "Tolerância zero!". Só pode haver algum feitiço, alguma maldição, que faz com que uma pessoa, ao se aproximar de um anão, fique com uma doença grave chamada burrice aguda. É dessas pérolas que trataremos abaixo.

O PEQUENO MATADOR

O *bullying* é o assunto da moda. A toda hora se fala disso na mídia, mostrando as consequências drásticas que essa atitude pode causar em alguém. O *bullying* é aquela "brincadeira" de mau gosto feita com alguém, de forma agressiva e visando a humilhação do outro. Geralmente é praticado por crianças e adolescentes com seus coleguinhas do colégio.

Estava assistindo a um programa de entrevistas, de uma apresentadora muito famosa, cujo tema era exatamente o *bullying*, tentando explicar comportamentos de pessoas assassinas que tinham cometido atos de atrocidade e insanidade.

A psicóloga que estava sendo entrevistada esclarecia que, muitas vezes, na sua infância essas pessoas foram várias vezes agredidas psicologicamente por essas "brincadeiras", que acabaram despertando ou estimulando esse lado psicopata delas.

Foi quando a apresentadora interrompeu e chegou à "brilhante" conclusão:

– Você está tentando me dizer então que, se uma pessoa, na sua fase de criança/adolescência, foi o tempo todo chamada de anã ou anão, ela fatalmente será um *serial killer*?

Pelo amor de Deus, então alguém me ajude! Eu sou um assassino e não sabia. Não me deixem solto por aí, que eu posso ter uma crise e matar todo mundo. A minha vida inteira fui chamado de anão e baixinho, e, segundo essa grande conclusão da apresentadora, isso me transforma em um potencial assassino em série.

Confesso que nunca matei nem uma formiga, até porque ela corre mais rápido do que eu. A única coisa que eu já matei na vida foi uma única aula. Como seria então esse processo de transformação? Talvez eu devesse começar pela própria apresentadora do programa, para ela aprender a não tirar conclusões precipitadas.

ANÃO DIRIGE?

Sim, anão também dirige carro. Não, não estamos falando de carrinho de controle remoto, nem de carrinhos de brinquedo da Hot Wheels. Estamos falando de carros normais. A única diferença é que o carro tem que ser adaptado. Embora as adaptações variem um pouco de anão para anão, elas consistem basicamente em:

– Prolongamento dos pedais.

– Levantamento do banco do motorista.

– Uma espuma imitando um banco para pôr nas costas do motorista, como se fosse uma almofada, para que ele possa ficar bem para a frente e assim ter mobilidade nas pernas e não ficar com dor nas costas.

Fica sempre aquela curiosidade nas pessoas de verem de perto como são as adaptações, algo completamente normal, para conhecerem um pouco mais esse universo dos ajustes feitos nos carros de pessoas com alguma deficiência física. Mas, da mesma maneira que as pessoas estão felizes e curiosas em conhecer de perto as adaptações, elas falam cada abobrinha...

>> **Que legal, você dirige! Mas, desculpa eu perguntar, você dirige em pé?**

Não, não. Eu uso uma escadinha dentro do carro. Não sabia, não? É uma escada mágica. Funciona assim: quando eu eu piso com o pé direito, o carro acelera. Quando eu piso com o pé esquerdo, ele freia. Como essa tecnologia da escada mágica é muito cara, eu uso um assento falso só para disfarçar, despistar o ladrão. A escada foi feita pelo mesmo gênio da lâmpada que criou o tapete mágico do Aladim. Mas não conta pra ninguém, não, tá? É segredo.

>> **Quando você dirige, você enxerga à sua frente?**

Rapaz, eu nunca tinha pensado nisso antes. Tá aí, você matou a charada! Realmente eu não faço a mínima ideia do que está se passando à minha frente, não enxergo nada. Então, o que eu faço? Ponho a cabeça para fora do carro e saio gritando:

– Sai da frente, minha gente! Porque tem um anão no volante.

E não é que funciona? Ao menos nunca vi que tivesse atropelado ninguém, só ouvi uns barulhos e uns gritos algumas vezes, mas acho que não foi nada, não.

Brincadeira, né? Eu vou confessar para você a verdade: eu sou Jedi, sou o Yoda. Eu dirijo usando o poder da Força. Eu não preciso enxergar, eu sinto a presença dos carros que estão à minha volta e desvio deles. Dessa forma, eu consigo até antecipar uma fechada de um carro, pois antes de ele fazer o movimento eu já sinto a energia da manobra e consigo desviar.

ANÃO?

Tem situações na vida em que você não quer acreditar no que está ouvindo. Você para e se pergunta se realmente a pessoa está lhe perguntando aquilo. Pensa, respira fundo e conclui: "Isso é real!".

Estávamos conversando numa roda de amigos sobre as dificuldades de ser anão. Mostrando que a sociedade ainda não está adaptada para os anões, ainda que já existam algumas facilidades, pois as adaptações para cadeirantes são praticamente as mesmas para um anão. Que o nanismo era causado por um problema genético e, por isso, hereditário. Até que alguém soltou uma pérola:

– Mas você é anão?

– Não, que é isso? Claro que não! Eu sou um gigante versão

pocket. Sabe *bonsai*? Que são árvores grandes em seu tamanho natural, mas que devido ao seu plantio diferenciado ficaram em tamanho miniatura? Comigo aconteceu a mesma coisa, que engraçado! Era para eu ter 1,80 m, mas minha mãe fez um plantio diferenciado de mim e eu não cresci.

O sujeito percebeu que tinha cometido uma gafe e, para tentar sair daquela saia justa, mandou outra pergunta, que, por incrível que pareça, conseguiu ser pior do que a primeira:

– É claro! Desculpa. Mas eu queria fazer outra pergunta: quando foi que você descobriu que era anão?

– Durante a infância, nem dava para perceber. Todo mundo era quase do mesmo tamanho, então eu nem desconfiei de nada. Mas o tempo foi passando... Eu percebi que tinha alguma coisa estranha acontecendo. Tinha alguma coisa errada, algo não estava dando certo. Meus amiguinhos estavam crescendo... E eu não. Até que na juventude tive a grande revelação quando passei na frente do espelho pela primeira vez na minha vida e exclamei: "Meu Deus, eu sou anão!". Na mesma hora peguei o telefone e liguei para minha mãe. Foi quando ela me confirmou: "Sim, filho, você é anão!".

PRECONCEITO

Uma coisa que tira a paciência e o bom humor de qualquer pessoa é o preconceito. Embora este livro tenha o intuito de ser um livro pra cima, engraçado, de humor, não poderíamos deixar de tocar nesse assunto.

Embora tenha plena convicção de que o preconceito é algo que está muito mais dentro da pessoa do que na sociedade e no mundo que a cerca, não se pode fechar os olhos e achar que isso não existe. E muitas vezes cometemos atos preconceituosos sem perceber.

Por exemplo: todo mundo tem a mania de achar que anão tem que viver, sair e se divertir com outros anões. Tem sempre aquela pergunta:

– Você não conhece outro anão? Por que você não procura fazer amizade com outros anões? Para sair, conversar...

Que é isso?! Os anões agora têm que viver que nem os vampiros ou os lobisomens, como nos filmes? Têm que se unir para lutar contra os Elfos?

Outra coisa que não dá para entender é por que o povo acha que anão tem que namorar anã. Por que isso? Agora anão virou cachorro, tem que cruzar com a mesma raça, senão pode estragar o *pedigree*? Eu já estou tão acostumado a namorar mulheres altas que não posso ver uma girafa que fico logo excitado.

Outra forma de preconceito velada vem da astronomia. Como é sabido, existem alguns planetas que são tão pequenos que são chamados de planetas anões. Até aí, tudo bem, é até uma homenagem aos anões. Porém, o único planeta anão do nosso sistema solar, Plutão, só de sacanagem deixou de ser planeta. Durante muito tempo ele foi considerado planeta, e só agora resolveram dizer que ele não é mais. Só porque ele era o único planeta anão do nosso sistema. Quero ver falarem isso de Júpiter!

POMBOS

Conversando com as pessoas, você fica sabendo que certas coisas viraram uma verdade popular, mas, se você for investigar a fundo, acaba descobrindo que elas não têm o menor fundamento. E o pior é que ninguém é capaz de desfazer essa verdade.

Conta a lenda popular que anão não morre. Não por causa da evolução, conforme expliquei anteriormente, mas porque vira pombo. E a lógica é bem simples: ninguém nunca viu um enterro de anão. Assim também como ninguém nunca viu filhote de pombo. Então, como os anões desaparecem e os pombos nascem? Simples: anão não morre, vira pombo.

Aplicando esse brilhante raciocínio, poderíamos tirar várias outras conclusões brilhantes:

1) Ninguém nunca viu o autor desta frase: anão não morre, vira pombo. Assim como ninguém nunca viu um filho de uma puta. Logo, quem inventou essa frase é um filho da puta?

2) Ninguém nunca viu um político honesto. Como também nunca viram um ET. Logo, um político honesto é um ET?

3) Ninguém nunca viu o sexo dos anjos. Como também nunca viram um sacerdote fazendo sexo. Logo, o sacerdote faz sexo dos anjos?

Certamente, se continuássemos com esse raciocínio lógico, chegaríamos às mais bizarras conclusões da face da terra. Logo, não tem o menor cabimento falar que anões viram pombos.

GPS MALDITO

É engraçado ver como nos tornamos cada vez mais escravos de certas tecnologias. Um exemplo bem concreto disso são os celulares. Além de cumprir a finalidade de sermos achados em qualquer lugar do mundo e a qualquer momento, os celulares estão cada vez mais completos, transformando-se quase que num minicomputador portátil. O mais engraçado é que, há não muito tempo, os celulares não existiam e as pessoas viviam normalmente. Hoje em dia, experimente ficar um dia sem celular. Parece que você não sabe fazer mais nada.

Outra tecnologia que está bem na moda é o GPS. Praticamente todo motorista possui um, que virou uma ferramenta fundamental nos veículos. Assim como existe a síndrome dos celulares, o GPS virou uma febre. A impressão é de que se tem é que não é mais possível andar de carro pelas grandes cidades se você não tem um GPS. Pedir informação a alguém na rua quando não se sabe o caminho é coisa da Idade da Pedra. A salvação agora é o GPS.

Um dia um anão viajou para o exterior e aproveitou para comprar um GPS. Afinal, esses aparelhos são muito mais baratos fora do país. Depois de muita pesquisa e pechincha, finalmente comprou um GPS.

Ao chegar à sua cidade natal, de volta da viagem, resolveu testar o aparelho. Colocou o endereço de sua casa e o mandou traçar o caminho. Depois de algum tempo de espera, o GPS perguntou:

– Sua rota já foi calculada. Deseja navegar?

Assim que o anãozinho confirmou o início da navegação, o aparelho começou a tocar:

– Eu vou, eu vou, pra casa agora eu vou. Parará-tibum! Pararátibum! Eu vou, eu vou, eu vou!

O baixinho ficou tão furioso que arremessou o GPS na parede oposta. Em seguida foi para cima dele e começou a pisoteá-lo com muita raiva, dizendo:

– GPS maldito dos infernos! Você vai ver só!

***

Que região do mundo
é a maior produtora de anões?
Os Países Baixos.

SITES CONSULTADOS

http://tabernadosbardos.wordpress.com/2010/07/25/anoes-dwarves/
http://pt.wikipedia.org/wiki/Anão_(RPG)
http://arda-hrs.tripod.com/id2.html
http://pt.wikipedia.org/wiki/Anões_(mitologia)

MATRIX